河出文庫

交渉人・遠野麻衣子　籠城

五十嵐貴久

河出書房新社

目次

交渉人・遠野麻衣子　籠城

一章　監禁

1

　全国の警察官が受けるいわゆる１１０番通報は、年間九百万件前後、最も多いのは首都東京の治安を守る警視庁で、一日に四千八百件以上の通報がある。

　警視庁の場合、二十三区内の１１０番通報は桜田門の警視庁本庁舎内にある通信指令センターがそのすべてを受ける。電話に出た各担当者がまず確認するのは、１１０番通報の内容が事件なのか事故なのか、あるいはそれ以外であるかだ。

　犯罪性の高いものは事件、自動車事故のような場合は事故として記録される。もちろん、それ以外にも１１０番通報の理由はいくつも挙げることができる。

　トラブルが起きたらまず警察、という常識があるため、例えばだが飼い猫が木に登ったまま降りてこられなくなった、というような時に１１０番通報がなされることもある。

　あるいは、近所の家から不審な叫び声が聞こえた、不審人物を見た、電車内等で不審物を発見した、アパートの隣室から不審な臭い、あるいは物音がする、このような場合はすべて事件でもなく事故でもなく、それ以外として扱われることが多い。

　ただし、これらの１１０番通報が直接事件につながるわけではない。例えば近所の家から不審な叫び声が聞こえたというケースでは、住人が歌を唄っていたとか、単なる夫婦の痴話喧嘩などが圧倒的に多い。

　不審な人物といっても、どこが不審なのかさえ不明な場合もある。また、不審物発見ということで現場に急行してみると、単なる遺失物だったというのもよくある話だ。一日四千八百件以上入る110番通報のうち、三割以上がその種の電話といってもいいだろう。

　緊急性を要しない内容なら「#9110」があり、こちらの普及も警察全体としての課題だ。

　六月十日火曜日、午前十時七分、警視庁通信指令センターに一本の110番通報が入った。電話を受けたのは係員の山田雄二巡査部長だった。

「はい、こちら警視庁」山田はヘッドセットの位置を調節しながら答えた。「事件ですか、事故ですか」

　顔を上げると、目の前に都内の巨大な地図がスクリーン一杯に広がっていた。山田はかかってきた電話が、今時珍しく公衆電話からであることを確認した。目黒区西本町からの110番通報だ。

『事件です』

　静かな男の声がした。山田は手にしていた特殊ペンでモニターに、目黒区西本町で事件発生と直接書き込んだ。

「どのような事件ですか？」

事件とひと言で言っても、その幅は広い。盗難もあれば、殺人のような重罪もある。ただ、統計的に見て殺人事件が起きる確率は低い。また、一般人の場合には事件と事故の区別がつかないことも多かった。どのような事件ですか、と山田が確認したのはそのためもあった。

『どのような……』男の声がかすかに震えた。『どう説明すればいいのか……こういう場合は何というんでしょうか』

「まず、あなたのお名前、そして住所、連絡先を教えていただけますか」

『フクザワです。フクザワモトユキ』

男の話し方は丁寧だった。少なくとも悪戯（いたずら）電話の類（たぐい）ではない、と山田は確信した。その後、男が住所と電話番号を言った。既にコンピューターによって判明していた情報と同じだった。

「ご職業は？」

『喫茶店を経営しております』

「年齢は？」

『四十一歳です』

通報者の緊張を解くために、あえてわかりやすい質問をするのもテクニックのひとつだった。一度意識を目の前の事件から逸（そ）らすことによって、冷静さを取り戻させる。福沢が落ち着いたところを見計らって、山田はもう一度質問を繰り返した。

「事件とおっしゃいましたが、どのような事件なのか、詳しく教えていただけますか」

『事件』男が言葉を探すように黙り込んだ。『そうです、事件です』

禅問答のような受け答えだが、一般人からの110番通報の場合、このように要領を得ないことが多いのは山田も経験上よく知っていた。

「わたしが聞いているのは、どのような事件か、ということなのですが」

『これは、何というのでしょうか。一種の誘拐とでもいえばいいのか……』

ペンを握っていた山田の手に力が籠もった。誘拐は殺人に次ぐ重罪だ。だが、果たしてそれは事実なのか。誰が誰を誘拐したと言っているのだろう。

「誘拐とおっしゃいましたね？」

『誘拐……ということになると思うのですが……よくわかりません』

「あなたが目撃したんですか？　例えば、子供を誰かが連れ去っていったのを見たとか――」

『いえ、そんな。違います』

「では、誰が誰を誘拐したんですか？」

返ってきた答えは、山田の予想とまったく違うものだった。

『わたしが店のお客さんを誘拐しました』

「ちょっと……ちょっと待ってください」

山田はモニターに情報を書き込んだ。同時に、有線指令台、無線指令台にも同じ情報が表示された。

〈誘拐？　犯人自らの通報。経営している喫茶店の客を誘拐したとの通報あり〉

「もう一度確認します。あなたが誘拐したということですか？」

『……そうです。そういうことになります。ただ、これはその……誘拐というべきものなのでしょうか？』

「どういう意味ですか」

『つまりその……要するに店のお客さんを店内に監禁しているわけです。これは誘拐ということになりますか？』

「つまり、あなたは店のお客さんを何らかの手段で脅かし、店内に閉じ込めている。そうですね？」

『はい。これは誘拐なのでしょうか？』

朴訥（ぼくとつ）な調子で男が尋ねた。山田はペンで、監禁、と新たに書き込んだ。

2

十時二十一分、警視庁有線指令台から目黒区の東碑文谷（ひがしひもんや）警察署に事件発生の連絡が入った。同時に無線指令台からカーロケーターシステムにより、最寄りのパトカー、白バイ、交番などに連絡が行われた。十時二十九分、目黒区西本町にあるアリサという喫茶店の周囲に五台のパトカー、二十人の東碑文谷警察署員が配備された。

この間、山田は男との通話による情報収集を続けていた。男の名前は福沢基之で、福沢が経営している喫茶店アリサが、午前九時から営業していること、常連客も含め午前中は基本的にサラリーマンが利用していることなどが明らかになっていた。

福沢によれば、今日も通常通り九時に店を開け、三十分ほどの間に数人の客が入ってきたが、その中の一人、四十代と思われる女性が伝票を持ってレジに来たため、まずその女性をナイフで脅し、その間他の客には準備していた本物同様の手錠を渡し、全員に左手首と右足首をつながせ、監禁しているという。

現段階で負傷者はいないことを聞き出せていたが、それ以上詳しい情報は得られなかった。

「福沢さん、状況はわかりました。あなたのしていることは明らかな犯罪行為です。ですが、今なら遅くはありません。人質を解放してはどうでしょう?」

『いや……できません』

「それでは、もうひとつ聞かせてください。福沢さん、あなたは何のためにそんなことをしているんですか?」

結果的に、それが山田から福沢への最後の質問になった。福沢が通話を切ったためだ。

それと前後する形で、電話会社から連絡が入った。福沢が使用していた電話機は、喫茶店アリサ内に置かれている公衆電話で、もう一台業務用の電話機もあるが、その二台とも福沢が使用不能にしている、ということだった。

公衆電話を置いている喫茶店は少なくなっている。アリサが古くからある店なのは間違いないだろう。

この間に、目黒区内で籠城・監禁事件発生という連絡が警視庁刑事部捜査一課に入っていた。一課はすぐに第一機動捜査隊の派遣を決定、加えて特殊犯捜査第一係に対して出動命令を出した。

特殊犯捜査係は特殊捜査班（ＳＩＴ）とも呼ばれる。誘拐、籠城、公共交通機関乗っ取り、企業恐喝事件など、その名称が示す通り特殊な状況下での事件を扱うのが任務とされ、そのうち、誘拐、人質立てこもり事件を担当するのは、特殊犯捜査第一係と第二係だった。今回の事件は典型的な人質立てこもり事件であり、犯人の投降が主目的となる。

通信指令センターの山田巡査部長からは、犯人の福沢基之について、興奮している様子はなく、至って冷静だった、と報告が上がっていた。

現段階では、犯人の福沢がナイフ以外に武器を持っていないと思われること、また福沢自身に前科がないことから、事件そのものに対して楽観的な意見が流れていた。

これは特殊捜査班としても同様で、比較的扱いやすい犯人というのが班員たちに共通する認識だったが、気を抜くことはできない。ただ、時間さえあれば福沢を説得し、投降させることは十分に可能だと考えられた。

横山大造捜査一課長は東碑文谷署に捜査本部を置くと決め、喫茶店アリサの真向かいにある雑居ビルの四階が空いていたことから、管理者に協力を要請、そこを前線本部とするように指示を下した。

マニュアル通りの措置で、基本的には前線本部に交渉人が詰め、そこから犯人との交渉を行うことになる。

特殊犯捜査第一係長の藤堂雄介警視は、班を二つに分け、一班を自らが率いて東碑文谷署の捜査本部に赴き、そこから事件全体の指揮を執ることを決めた。

藤堂は今年四十五歳になる。叩き上げのベテランだ。やや固太りだが、身長が百八十センチと高いため、それほど太ったイメージはない。鋭く尖った目が印象的な男だ。

同時に、係長代理である岡部浩警視、一年前に総務部広報課から刑事部へ異動していた遠野麻衣子警部、そして半年ほど前に所轄署である高輪署から本庁へ上がっていた戸井田啓一巡査部長の三人を前線本部へ派遣することにした。

三人では少なく感じられるかもしれないが、実際に犯人との交渉を担当する交渉人は一人であり、他の二人はそれをフォローする役回りでしかない。

藤堂としては、岡部に交渉を任せるつもりだった。岡部警視は、これまでにも多くの事件捜査にかかわり、ほとんどのケースで犯人の説得に成功、死傷者を出すこともなく事件を解決に導いている。説得力、判断力、その他どれを取っても交渉人になるために生まれてきたような男だった。

ただし、人間的には癖のある人物であり、特殊捜査班内部でも周囲との関係が決してうまくいっているわけではなかった。交渉人としては抜群の能力を持ちながらも、同僚たちとの間ではコミュニケーションがうまく取れない、という複雑な性格の持ち主だ。

仕事ができなければ単なる厄介者だ、と藤堂が評したことがあるが、その通りの人物だった。

遠野麻衣子はまだ二十九歳と若いが、特殊捜査班での経験もあり、解決に寄与した事件もあった。そして、特殊捜査班の中でも、唯一、岡部との関係が悪くない。アシスタント役としては最適だ、というのが藤堂の考えだった。

戸井田啓一については、本庁へ上がってきたのが半年前ということもあり、特殊捜査班の捜査官としての経験はほぼない。藤堂が戸井田を前線本部へ送り込んだのは、経験を積ませるにあたり最適の事件だと判断したためだ。

比較的解決が容易であると思われる事件に新人を起用するのは、警視庁の伝統で、横山一課長も同意している。人員の管理統括は、藤堂の最も得意とするところだった。

3

十一時十分、東碑文谷署での捜査本部の準備は急ピッチで進められていた。福沢基之が客を監禁している喫茶店アリサの向かい側に設置される予定の前線本部について、岡部に急ぐ様子はなかった。

自分たちも現場に向かった方がいいのでは、という戸井田の問いに、その必要はない、と岡部が首を振った。

藤堂が前線本部に総務部装備課と鑑識の人員を派遣している。彼らが準備を整える前に、交渉人である自分たちが現場に行っても意味がない、と岡部が単純に説明した。

「そうかもしれませんが、現場に行かなければわからないこともあるのでは？」

戸井田が言った。それは素人の理屈だ、と無表情のまま岡部が答えた。

岡部には犯罪者の心理について緻密な計算をする能力があるものの、同僚など警察関係者に関してはその感情を無視するような発言をすることが多い。交渉人としての経験から、麻衣子には岡部の次の言葉が予想できた。

「戸井田君、これは極論だが、我々交渉人は現場に近づく必要さえない」

岡部が取り出したのはスマートフォンだった。

「電話と必要な情報及び資料さえあれば、理論的には地球の反対側、ブラジルからでも犯人の説得が可能だ。我々はＳＡＴ（特殊急襲部隊）とは違う。実際に現場に突入するわけではない。我々の目的は、犯人を含め人質その他の生命の安全を確保しつつ、投降させることだ」

岡部の言葉は確かに極論に近いが、交渉人とその任務を明確な形で定義していた。

対犯人の交渉というと、未だに拡声器などで外から投降を呼びかけたり、実の母親などに説得を依頼するような、いわば泣き落としを指すと考えている者も多い。警察内部にさえも、そういう人間が未だに存在するが、実際は違う。

あくまでも感情を排し、論理によって犯人を説得するのが交渉人の任務とされている。それが現代の交渉人の基本的なあり方だ。

そのためには、犯人の心理状態を徹底的に把握する必要があった。犯人に関するあらゆる情報を入手するのはもちろん、犯人が籠城している場合などはその現場の資料をすべて揃えることが先決とされる。岡部が戸井田に言った言葉には、そういう意味も含まれていた。

ただし、犯人に関する情報と言っても、入手するのは容易ではない。その情報を集めてくるのは、例えば捜査一課の刑事に代表される捜査官たちの任務だったが、何が重要で何が不要かを判断するのには、常に困難がつきまとう。

当然のことだが、事件は早期解決が望まれる。長引けば長引くほど、不測の事態が起きる確率が高くなるためだ。

岡部が天才的な交渉人と呼ばれる理由は、まず情報の分析力にあった。すべての情報に一度目を通すだけで、犯人の心理状態を解析する能力を持っている。

同時に、交渉人に必要とされる想像力と説得力を有していた。岡部浩以上の交渉人は警視庁にいないといわれているのは、麻衣子もよく知っていた。

「遠野警部、いくつか確認しておきたいことがある」

椅子を半回転させた岡部が麻衣子の方を向いた。背が低いため、足が床まで届いていない。

遠野麻衣子はやや面長で、引きしまった口元に強い意志が現われている。肩の下まで届く長い黒髪が目立つが、意識して伸ばしているのではなく、ファッションには疎い、と自分では思っていた。

「何でしょうか?」

「マスコミはどこまで動いてる?」

「今のところ、マスコミは事件について情報を得ていないようですが、時間の問題でしょう。現場の喫茶店アリサ付近は、警察官が包囲しています。野次馬が見にきているという報告も上がってますし、東碑文谷署では捜査本部の設置も始まっています。マスコミが気づかないはずがありません。三十分以内に、彼らも動き出すでしょう」

「犯人との連絡はどうなってる?」

「十時二十八分、今から約一時間前の段階で、犯人が一方的に通話を切ったことで途絶しています。その後、福沢が所持しているスマホの番号が判明しており、事件と直接関係があるかどうかはまだ不明ですが、福沢の妻美津子(みつこ)のスマホの番号もわかったため、どちらにも連絡を入れています。いずれも応答はありません」

うなずいた岡部がワイシャツのボタンをひとつずつ外し、同じ指ではめ直した。この男の癖だった。

「犯人は警察と交渉する意思がないんでしょうか？」

戸井田啓一が質問した。大柄でがっちりした体格をしている。目に光があり、優れた捜査員なら誰もがそうであるように、強い好奇心を持っているのがその目から窺えた。

岡部が小さく欠伸(あくび)をした。

「論理的にあり得ない。もしそうだとしたら、なぜ福沢がわざわざ警察に、客を監禁したと子供の悪戯に近い電話をかけてきたのか、理由がわからなくなる。つまり、福沢は自分のタイミングで、我々と話し合いをしたいのだ。理由は不明だがね」

「必ず福沢は要求を出してくるはずです」

麻衣子は言葉を挟んだ。福沢が客を監禁した理由として、単純に金銭目的ということが考えられるだろう。

ただ、その場合、警察に電話を入れる必要はない。事件そのものを秘匿(ひとく)したはずだ。警察に監禁事件について知られた場合、福沢にとって不利な状況を招く。では、何のために客を監禁したと警察へ連絡してきたのか。

「その問題について答えを出す段階ではない。もう少し時間が必要だ」

了解しました、と戸井田がうなずいた。さて、と岡部が肩を鳴らした。

「どこから手をつけるべきか……君はどう思う？」

「わたしなら、まずかけ違えているボタンを直すところから始めます」

麻衣子は岡部のワイシャツを指した。第二ボタンから先が、ひとつずつ違う穴にはめられている。なるほど、と岡部がつぶやいた。

4

東碑文谷署の捜査本部には、既に喫茶店アリサについて集められた情報ならびに監視班による報告が上げられていた。

調べによると、今アリサがある場所には約十年前まで外資系の大手ファミリーレストランが店を出していたという。

店はそれなりに繁盛していたが、ファミリーレストランの親会社が日本市場からの撤退を決めたため、全国に百店舗ほどあった店をすべて手放すことになった。その後、福沢がこの店舗を居抜きで購入したことがわかっていた。

事件発生直後から、捜査一課はアリサ内部の設計図を探していたが、建築会社及び設計事務所と連絡を取ったところ、福沢が店舗について二度改装工事を行っていることが判明していた。一度目は購入直後、そして二度目は三カ月ほど前だ。

この二度目の改装はかなり大規模なもので、店をひと月ほど休業している。すぐに設計図が東碑文谷署の捜査本部に取り寄せられた。

アリサはもともとファミリーレストランだった店舗なので、喫茶店としては規模が大きい。店内は三百平米、満席時には百名ほどを収容できる。基本的な構造は、ファミリーレストランだった時と変わっていない。

目黒という土地柄、駐車場のあるレストランは少ないが、アリサの駐車場は四百平米、二十台の車を停めることができた。店舗は国道に面しており、駐車場は店を取り囲むような形になっている。

右折車、左折車のどちらも入店しやすいようにするための設計で、ファミリーレストランの形を、そのまま踏襲していた。駐車場は高さ三メートルほどのコンクリートの塀で囲われており、両隣は共にマンション、奥は住宅地だった。

駐車場への入口には三角コーンが並べられ、新たな客が徒歩でも車でも入れないようになっていた。客を監禁後、福沢がすぐに並べたものと思われた。

アリサの監視班からの報告によれば、国道を挟んだ前線本部、そして両隣にあるマンションの空き室を押さえたが、いずれからも直接店の中を見ることは不可能だった。

店の壁面はコンクリートとガラス窓だが、窓にはレースのカーテンが引かれているため、内部の確認はできない。

十年前の設計図と三カ月前に改装された設計図を見比べると、その違いは明らかだった。大きな違いは、まず飲食物などを搬入する通用口だ。

それまでは普通の木製の扉だったが、福沢はこれを耐火式の鉄板を使ったドアに替えていた。それに伴い、ドアの幅をそれまでの二メートルから九十センチに変更している。

荷物などの搬出入の際に不便なのではないか、と設計事務所から指摘があったが、そのままでいい、と福沢は答えていた。意図的な変更と考えていい。

正面入口についても、それまで手動だったドアを自動ドアに替えている。同時に、磨りガラスをマジックミラーに替え、外部から中が見えないようにした。

それ自体は客にとっても便利であり、おかしな話ではない。ただ、自動ドアにしたため、福沢がセンサーの設定を変更すると、外部からドアを開くのが困難になる。

その他、十二面あったガラス窓を半分の六面に減らしていた。それまでガラス窓だった部分はコンクリート壁に変更されていた。これもまた意図不明で、ガラス窓を減らせば採光が難しくなるのは考えるまでもない。

設計事務所がその旨指摘すると、ガラス窓が多いと清掃業者に支払う金額が高くなる、と理由を説明したという。ただし、採光が少なくなる分、店内の電気を常につけておかねばならなくなり、光熱費を考えるとむしろ割高になると設計事務所はアドバイスしたが、それでも構わない、というのが福沢の回答だった。

以上の状況から導き出される答えはひとつしかない。福沢は少なくとも三カ月前、アリサを改装した時点から、今回の事件の計画を立てていたのだろう。ただ、それがどういう理由によるものかは不明なままだった。

5

東碑文谷署の捜査本部と前線本部は、入ってくる情報すべてを共有することになっている。そうしなければ、互いの思惑に齟齬が出る可能性があること、また事件に対する見解に相違が生まれることから、警視庁は情報の共有を重視し、そのために捜査本部と前線本部との間にホットラインを引いていた。

アリサ改装に関する情報も、前線本部の岡部警視の元へ入っていた。ただし、岡部と遠野麻衣子はまだ前線本部に移っていない。戸井田を先発させ、警視庁本庁舎に留まっていた。

二人が調べていたのは、福沢基之の経歴だった。１１０番通報を受けた山田巡査部長の話によれば、多少落ち着きを欠いている印象はあったが、基本的には冷静で、警察の話に耳を貸さないわけではないようだった。

福沢からの通話の録音データとアリサ改装の経緯、人質を拘束するための手錠などを事前に用意していたことから考えれば、今回の事件は衝動的に起こされたのではなく、計画されたものだと推測できた。

ただ、その場合必ず動機があるはずだ。そして、その動機は過去を探ることによってしか見つけられない、というのが岡部の考えであり、麻衣子も同意見だった。

同時に、東碑文谷署の捜査官たちも動機に関して捜査を始めていた。

福沢基之は東京生まれ、現在四十一歳、私立鷹梨（たかなし）大学卒業後、総合商社マルニワに勤めていたことが判明していた。

その在籍期間は卒業後就職してから約三年と短く、父親が急逝したため、杉並区にあった実家の喫茶店経営を引き継ぐという理由で退職していた。

なお、その一年前に二歳年下の美津子と結婚している。その七年後娘が生まれたが、六歳の時に死亡していた。

基之と美津子の両親は他界しており、親しい親族はいなかった。美津子には妹がいたが、住民票所在地には既に居住しておらず、居所は不明だった。

事件発生から約二時間という限られた時間の中では、これ以上の情報収集は不可能であり、動機は不明、と捜査本部は一応の結論を出した。この報告が上げられた段階で、岡部と麻衣子は目黒の前線本部への移動を決めた。

6

その間、杉並区内で福沢が経営しているもうひとつの喫茶店メドレー及び福沢夫妻の自宅に、捜査官が向かっていた。福沢の妻、美津子を捜すためだ。

捜査本部は妻の美津子が事件にかかわっているのかについて結論を出していなかった

が、福沢の犯行動機を知り得る人間は、美津子以外に考えられない。

自宅のマンション及び喫茶店メドレーに美津子の姿はなく、ドアには定休日の札がかけられていた。

夫の福沢基之と行動を共にしているのではないか、という意見が出たが、その後、連絡がついたメドレーの従業員によると、美津子は店で使うコーヒーカップなどの食器を購入するため業者と会うと話していたことがわかった。

ただ、従業員はどのメーカーの営業担当者と、どこで会うかは聞いていなかった。わかっていたのは、店休日だが昼前には店に戻る、と美津子が言っていたことだけだ。

いずれにせよ、夫である福沢基之の動向について最も詳しいのは美津子だろう。捜査本部としては早急に事情聴取をする必要があった。従業員から入手した写真をもとに、捜査官たちが所在を追ったが、現在の状況で、捜し出すことは不可能に近かった。

それでも、美津子の身柄を早急に押さえなければならない、というのが捜査本部の一致した意見だった。美津子が目黒のアリサで夫と一緒にいる可能性もまだ残っている。

自宅マンションを管理人に開けさせ、室内を調べていた捜査一課の刑事たちからは、最悪の報告が上がっていた。福沢基之名義の第一種銃猟免許証が発見されたのだ。正式な手続きを踏んだ上で取得したもので、それ自体に違法性はない。

ただ、自宅で保管していた上下二連散弾銃、ペラッチMX8及び十二番と呼ばれる直径十八ミリの実包が専用のロッカーから持ち出されていることが判明した。当初、福沢はナイフ以外の武器類を所持していないという情報が上がっており、そのため犯人逮捕は比較的容易だと見られていたが、この報告によって捜査方針を大きく変えざるを得なくなった。

「よろしくない状況だな」

急造された前線本部の一番奥の席に腰を落ち着けた岡部が言った。そうですね、と麻衣子はうなずいた。

「最悪の状況も予想されます」

「藤堂係長の対応は？」

「狙撃隊の人選を始めたとのことです。また、ＳＡＴにも出動要請を出したと。店の設計図をもとに内部の様子を再現し、ＳＡＴ隊員が突入訓練を行う予定だという連絡が先ほどありました」

マニュアル通りだな、と岡部がつぶやいた。

「店内の様子を把握しなければ、どうにもならないと思いますが……」

麻衣子は長い髪を払い、形のいい唇を噛んだ。それが困難なのは、捜査本部及び前線本部の捜査官全員がわかっている。

椅子から降りた岡部がホワイトボードの前に立った。

「問題の喫茶店アリサは、もともとファミリーレストランだった」岡部が略図を描いた。

「出入口は正面入口と裏手の通用口の二つのみだ。正面入口は自動ドアだから、福沢が設定を変更していると、突入は難しい。通用口も改装工事をしており、極端に幅が狭くなっているから、やはり突入には無理がある。通用口のドアはスチール製で頑丈だ」

　麻衣子と戸井田は同時にうなずいた。岡部が話を続けた。

「無論、爆破その他の手段でドアを破ることはできる。だが、その場合には犯人が人質に危害を加える危険性も生じる。犯人が銃を所持している可能性を考慮しなければならない。人質が何人いるのか、その位置もわかっていない。どんな手段を講じてでも、内部の様子を探らなければ話にならん。この閉塞(へいそく)状態のもと、いったい我々は何をするべきか？」

　岡部が質問を投げた。あの、と戸井田が手を挙げた。

「外部からの監視を増やしてはどうでしょうか？」

　何のためだ、と岡部が鼻の頭を掻いた。

「アリサは監視に最適の店だ。店舗は国道に面しており、今我々がいる雑居ビルも含め、どこからでも監視できる。ただ、その内部を見られないのが問題だ。建物を見ているだけで事件が片付くなら、我々がここに雁首(がんくび)を揃えている必要はない」

　今回のような事件では、外部からチューブ状のカメラを建物の内部に入れ、状況の把握に努めるのが一般的な方法だが、それも難しかった。喫茶店アリサは周辺から完全に独立した建物で、周りを駐車場が囲んでいるためカメラを近づけることは不可能だ。

「下水はどうか？」

麻衣子は報告を始めた。

「業者に協力を依頼していますが、カメラを送り込む先はトイレになります。遠隔操作でカメラを動かすのは、無理でしょう。また、水道管、ガス管からカメラを店内に送り込む方法も検討していますが、こちらも難しいという報告が上がってきています。強いて言えば、トイレそのものを破壊して店内にＳＡＴ隊員を送り込むことは可能ですが、福沢がそれに気づかないはずないでしょう」

「他には？」

「マスコミが集まり始めています」

戸井田が付け加えた。ＮＨＫをはじめ、民放各局、そして新聞社、ネットメディアの記者が待機していた。

藤堂の命令で取材規制がかけられているため、今のところ目立った動きはないが、時間の経過と共に彼らがどう動くかは誰にもわからなかった。

ふむ、と岡部がワイシャツの袖をまくった。

「状況は非常に厳しい。どうするかな」

さあ、と暗い目で戸井田がつぶやいた。

「自分にはさっぱりわかりません」

まず、と岡部が言った。

「我々は犯人との連絡手段を確保しなければならない」

「ドロップフォンですか？」

麻衣子の問いに、その通りだ、と岡部がうなずいた。

7

捜査本部は前線本部からの要請に基づき、喫茶店アリサ内の公衆電話、店舗の電話について、電話会社の協力のもと、使用を不可能にするための措置を取っていた。命令があれば、福沢から電話はかけられなくなる。

また、携帯電話会社の協力を得て、スマートフォンの機能を停止する準備が整っていた。岡部の要請によるもので、その狙いは犯人から通信手段をすべて取り上げ、孤立化させることにあった。

犯人には要求がある、と岡部が指を鳴らした。

「ただ騒ぎを起こすために、こんなことをする馬鹿がいるはずもない。だが、我々は彼の手から通信手段を取り上げるための準備を整えた。固定電話、携帯電話、どちらもだ。藤堂係長が命令を下せば、彼には通信手段がなくなる。そこでドロップフォンの登場というわけだ」

ドロップフォンとはアメリカのネゴシエーターが実際に使っている用語で、字義通り解釈すれば、犯人のもとに電話機を投げ入れるものだ。犯人が籠城している建物の玄関先などに置くのが一般的だろう。

ドロップフォンの準備は既に警視庁装備課の手によって終わっていた。一見したところ、単なる普通のスマートフォンだが、超小型の盗聴器が内蔵されている。

精度は高く、半径五十メートル以内の音ならすべてを拾えた。そのドロップフォンは装備課から前線本部に届いていた。

ですが、と麻衣子は言った。

「どうやって、犯人にこれを渡すつもりですか？」

「現在、店舗内の二台の固定電話はモジュラーが外されている。ただ、福沢基之のスマホは電源がオンになっている。今から、彼のスマホに電話を入れる。出るか出ないかは向こう次第だが、他に通信手段がない以上、出ざるを得ないだろう。その上で、我々は今後店舗内の電話機及び福沢本人のスマホを使用不可能にすると伝える」

「危険ではありませんか？」

戸井田が言った。犯人に刺激を与えることにはならないか、という意味だ。

危険ではない、と岡部は言い切った。

「これは彼のための措置だと説明する。今後、マスコミ関係者があらゆるつてをたどって福沢のスマホの番号を入手し、連絡を入れるだろう。それだけではない。福沢の知人からも電話があるはずだ。人質になったと思われる人間の関係者も同じだ」

この種の事件においてはよくある現象だった。関係性が薄い者ほど、犯人に電話をかける傾向がある。

第三者という立場から、登場人物になりたいという心理が働くためだが、警察にとっては迷惑な行為だった。

「固定電話のモジュラーを抜いているのは、彼の意志による。電話とはある種の暴力だというが、まったくその通りだよ。相手の都合などお構いなしにかかってくるものだからね。彼はあくまでも自分のやり方で要求を突き付けたいと考えている。それを踏まえ、警察以外は番号を知らない携帯電話を供与したいと言えば、それを拒む理由はない」

「誰が届けに行くんですか？」

私が行く、と岡部がワイシャツとスラックスだけの姿になった。武器を持っていないと示すための準備だ。

自分にやらせてください、と戸井田が言った。

「犯人は銃を所持しています。万が一のことがあった場合、前線本部の指揮官が不在になります。それは避けるべきだと……」

「その時は遠野警部がここの指揮を執ればいい。しかし、君が考えているような最悪の事態は起きない。私を殺せばどうなるかわからないほど、馬鹿ではないはずだ」

捜査本部の藤堂に連絡を入れた岡部が、ドロップフォンの許可を申請した。もともとドロップフォンは予定に入っている。すぐに藤堂も了解した。

岡部が福沢のスマホに電話をかけると、七回目のコールで相手が出た。

「こちら、警視庁の岡部です」

さりげなく、それでいて威厳のある声だった。

『……もしもし？』

男の声がした。確認のために岡部が名前を呼んだ。

「福沢基之さんですね？」

通話の内容はすべて捜査本部で録音している。前線本部でも、スピーカーホンを通じて、相手の声が聞こえるようになっていた。

『そうです』

「私たちも非常に困っておりましてね」岡部が優しい声で会話を続けた。「人質の方々はもっとお困りでしょうが……さて、私たちはあなたのスマホ、そして店の固定電話をすべてシャットダウンするつもりです」

『なぜ、そんなことを？』

「誤解がないように申し添えますが、あなたのためになると判断するに足る理由があるからです。今後、マスコミをはじめとして、多くの心ない人たちから店に電話がかかってくるでしょう。あなたにその電話の応対をしている余裕はないはずですし、心理的な負担にもなります。電話の呼び出し音はうるさいですからね」

『それは……確かにそうですが』

「この通話を終え次第、あなたに関するすべての電話について使用不可能にするための手筈を整えています。あなたには何らかの要求があり、それを私たちに伝える必要があるはずですが、あなたのご友人、またマスコミの連中はそれに配慮しないでしょう。説得の電話が入るのは間違いありません」

でしょうね、と福沢が暗い声で言った。ですから、と岡部が声のトーンを上げた。

「私たちの側から連絡用の電話を供与したいと考えております。番号は私たち警察関係者しか知りませんから、余計な雑音が入ることもありません。ご理解いただけましたか？」

『ええ……はい、わかりました』

「電話は私が届けます。拳銃を含め、武器類は一切持ってません。必要がないでしょうからね。あなたのためにだとご理解いただけましたか？　電話を届けたら、すぐ退散しますよ。店の正面に電話を置くだけです」

『はい』

「私が立ち去ってから、受け取っていただければ結構です。では、後ほど」

岡部が通話を切った。額が汗でびっしょりと濡れていた。

「では、行ってくる」コンビニで牛乳を買ってくる、というような言い方だった。「道を渡り、電話を置いてくるだけだ。一分もかからないだろう。すぐに戻る」

岡部が自分の携帯電話と装備課から渡されたドロップフォンをスラックスの左右それぞれのポケットに入れ、無言で前線本部を後にした。

「遠野警部……危険はないのでしょうか？」

戸井田が不安げな声を上げた。おそらくは、と麻衣子は答えた。

「岡部警視はプロです。プロが危険がないと判断した以上、問題はないはずです。もうひとつ言えば、警視には敵情視察という考えもあるのでしょう」

「敵情視察？」

「警視は犯人の顔を見るつもりです。顔を見れば、どんな性格なのか、何を考えてこの事件を起こしたのか、想像がつくでしょう。表情ひとつ、発する言葉の抑揚から犯人の意図を察する岡部警視の能力は天才的といってもいいほどです」

「なるほど」

「可能なら、警視は店内の様子を見るつもりだと思います。今、私たちに必要なのは情報です。リスクよりメリットの方が大きいと判断したんでしょう」

二人は窓に近づいた。前線本部のある雑居ビルの正面玄関から岡部が出ていくのが見えた。ワイシャツのボタンをすべてはずして胸をはだけ、両手を上げたまま、国道を渡っている。

喫茶店アリサの手前で足を止めた岡部が、福沢さん、と呼びかける声がスピーカーホンから聞こえた。岡部が右のポケットに入れている盗聴器つきのドロップフォンからの声だ。

『先ほど電話をした警視庁の岡部です。見ておわかりの通り、一切武器は持っておりません。あなたに危害を加えるつもりも、騙すつもりもありません。私の目的は、あなたに通信用の携帯電話を渡すこと、それだけです。よろしいですね。今から店の玄関まで行きます』

返事はなかったが、岡部がゆっくりと歩を進め、店の正面入口へ向かった。福沢さん、ともう一度呼びかけた。

『今から、私は右のポケットに手を入れます。携帯電話を取り出すためです。左手は上げたままにしておきます……これがあなたにお渡しする携帯電話です。どこに置きますか？　玄関マットの上？　ドアを開けてもらえれば、直接お渡しすることもできますが』

いきなりドアが開いた。麻衣子と戸井田、そして監視していた捜査官全員が銃を抱えている男の姿を見た。

次の瞬間、予想外のことが起きた。男が岡部の腕を取り、店の中に引きずり込んだ。

「岡部警視！」

戸井田が叫んだ。同時に、店のドアが閉まった。一瞬の出来事だった。

本部に電話を、と麻衣子は言った。

「岡部警視が人質に取られたと報告してください」

戸井田が電話に飛びついた瞬間、銃声がした。

8

前線本部の電話が鳴った。捜査本部からの直通電話だ。麻衣子はスピーカーホンのボタンを押した。

『藤堂だ』

「前線本部、遠野です」

『今の銃声は何だ？』

「不明です」

『不明じゃないだろ、不明じゃ！　犯人が撃った銃声じゃないか！』

「それはわかっています。威嚇（いかく）のための射撃なのか、それとも岡部警視を狙って撃ったのか、岡部警視に外傷があるかどうか、今のところすべてが不明という意味です」

『ずいぶん冷静だな』

皮肉めいた調子で藤堂が言った。

「警部」スピーカーの前に立っていた戸井田が振り向いた。「声がします」

『待て』藤堂が話に割り込んだ。『声とは？』

「岡部警視が持っていったドロップフォンからです」麻衣子は説明した。「戸井田さん、音を大きくしてください」

麻衣子は藤堂との通話を一度切った。盗聴器からの音声は、前線本部、捜査本部、共に聞くことが可能だ。

藤堂も今、同じ音声を聞いている。両本部とも、音声を録音していた。

『……驚きましたな。まさか、いきなり発砲するとは思っていませんでした』

かすれた岡部の声が聞こえてきた。負傷しているのだろうか。声からはわからなかった。

『銃を持っているなら持っていると、伝えておいてほしかったですね。私たちはまだあなたについての調査を始めたばかりで、銃を所持しているとは知らなかったのですよ』

『……当たりましたか？』

不安そうな男の声がした。問題の犯人、福沢基之の声だろう。ええ、と岡部が答えた。

『それほど大きな傷ではありませんが……ちょっと肩をやられました』

『血が出ています』

『いや、結構です。福沢さん、ポケットに手を入れても構いませんか？　ハンカチを出すだけです。とりあえず止血だけはしておかないと……』

どうぞ、という福沢の声が聞こえた。それにしても、と岡部が言った。

『なぜ撃ったんですか？』

『そんなつもりはありませんでした。誤射だったんです』

『いや、それはいいんです。もっとも、銃弾による傷というのは後が面倒でしてね。高熱が出るかもしれません』

　しばらく無言の状態が続いた。岡部が傷の手当てをしているのだろう。十分ほどその状態が続いたあとで、福沢の声が聞こえてきた。

『これも成り行きです。あなたも人質ということになります』

『仕方がないですな』

『これを左の手首と右の足首にはめてください』

『手錠ですか？』

　金属のぶつかり合う音が聞こえた。逆ではいかんですかね、と岡部が言った。

『私は左の肩を負傷して、痛みがあります。もしよければ、右手と左の足首ではどうでしょうか？』

『そうですね。自分でできますか？』

『商売道具を自分で使うことになるとは、思っていませんでしたな』

　鋭い金属音が鳴った。岡部が自分の手と足を手錠でつないだようだ。

　手と足を手錠でつなぐのは、アメリカの市警などで採用されている犯人拘束のための方法で、犯人の行動を抑えるためには最も効果的といわれている。

　屈んで歩くのはともかく、走ることはできない。暴力をふるうのは不可能に近い。

『ちゃんとはまっているかどうか、確かめさせてもらいます。何しろあなたは警察の人間ですから』

『その通りですが、有能とはいえません。今回、このようなことになったので、それはわかるでしょう?』

『それでも、確認は必要です』

また無言の状態が続いた。福沢が岡部の手錠を確かめているようだ。結構です、という声がした。

『中へ移動してください。ゆっくりで構いません』

『私は何人目の人質になるんですかね?』

『……八人目です』

『それにしても広い店ですな。元はファミリーレストランだったそうですね? たいしたもんだ。満員になったらどれぐらいのお客さんが入るんですか? 百人? 二百人?』

『百人ぐらいでしょう』

『従業員は?』

『今日は臨時休業にすると伝えて、休みを取らせています』

『ちょっと待ってください。肩が……いや、大丈夫です。ああ、なるほど、奥の座席に人質を置いているわけですか。男性五人、女性二人……窓際ですな』

『それが何か?』

『福沢さん。率直に申し上げますと、私は私の命が大事です。警察官にはあるまじき行為ですが、あなたに重要な情報を伝えます。その代償として、私を解放してもらえないでしょうか。病院で治療を受けたいんです』

『重要な情報とは……どういったことですか？』福沢の声がわずかに低くなった。『内容によっては、あなたを解放するかもしれないし、しないかもしれない』

『それではお話ししましょう。警察は事件の早期解決を望んでいます。そのために彼らは何をするか。答えは簡単です。強行突入です』

『それで？』

『彼らは少なくとも三方向から店内に入ってきます。まず正面入口のドア、そして裏の通用口、加えて窓です。あなたは今、人質を窓際の一番奥の席に座らせていますが、それは非常にリスクが高いと伝えておきます。彼らは窓を破り、店内に侵入してくるでしょう。目的はまず人質の保護、そしてあなたの逮捕にあります。人質を窓際に置いておけば、保護は容易です』

『では、どこに人質を置けばいいと？』

『もちろん、店の中央の座席です。それなら、四方に対して監視が可能ですからね。私はあなたの味方ではありません。私が考えているのは私自身の安全だけです。そのためにも、私を解放してもらいたい。どうです、この情報は役に立ちませんか？』

『人質の位置を移すことにしましょう』福沢が落ち着いた声で言った。『ただし、解放するわけにはいきません。あなたの傷は軽いし、出血もほとんど止まっている。ここに留まってもらうしかありませんね』

『痛むんですがね。この痛みはわからんでしょう』

『そうは見えませんね』

『福沢さん、これが職務上やむを得ない状況なのは認めます。ですが、私が死んだら警察はどう考えると思います？』

『ここに座って』福沢の声がした。『今、人質たちをこちらへ連れてきます。おとなしく座っていてください。いいですね？』

『こんな姿で逃げられると思いますか？』

岡部の問いに、答えはなかった。

9

再び前線本部の電話が鳴った。ボタンを押した麻衣子の耳に、藤堂の怒声が飛び込んできた。

『岡部は本物の馬鹿か？　警察官としてのプライドはないのか？　こちらの手の内を全部明かして、おまけに命乞(いのちご)いときた。遠野警部、あいつを黙らせろ』

『無理です。携帯電話に内蔵されている盗聴器には、向こうの音声を聞く機能しかついていません。こちらから岡部警視本人の携帯に電話をかけることは可能ですが、出てもいい、と福沢は言わないでしょう』

馬鹿が、とつぶやいて藤堂は通話を切った。そうでもありません、と麻衣子は戸井田に顔を向けた。

「どういう意味ですか?」

尋ねた戸井田に、岡部警視は交渉人の原則に則った行動をしています、と麻衣子は答えた。

「交渉人の原則?」

「まず、岡部警視は犯人に対し、名前を呼びかけることで、本当に彼が福沢基之であると確認を取りました。これが原則その一です」

「原則二は何です?」

「人質の人数です。わたしたちには、犯人が銃を所持し、人質を取っていることしかわかっていませんでした。人質の人数は何よりも重要な情報です。一人なのか、複数名なのか、正確な人数がわかれば、今後の対処に役立ちます。それも岡部警視は伝えてくれました。岡部警視を含め全部で八人です」

「なるほど……他には?」

「同時に、人質の位置を明確にしました。人質は店の中央、この位置に集められているようです」麻衣子は設計図の中央部分を赤鉛筆で丸く囲った。「人質の位置もまた、重要なポイントです。今後、犯人の動きによっては、強行突入の可能性もあります。どこにいるかわかっていれば、対応できます」

福沢基之の取っていた措置は正しかった、と麻衣子はため息をついた。

「窓際に人質を集めたのは、ガードを固めるという意味で目的にかなっています。警戒する方向を前方に絞れますからね。ですが、岡部警視の助言に従ったことで、前後左右を見ていなければならなくなった。つまり、それだけ隙が増えたんです」

そういうことですか、と戸井田が言った。麻衣子は話を続けた。

「人質になったのは、岡部警視にも想定外だったでしょう。でも、それを逆手に取った見事な交渉術です」

「これから、どうなるんですか?」

わかりません、と麻衣子は長い髪を払った。

「籠城事件は刻一刻とその様相を変えます。まだ事件は始まったばかりで、わたしたちには犯人の目的すらわかっていません。いずれ、何らかの要求が犯人から出てくるでしょうが、可能ならその前に犯人を逮捕したい、それが藤堂係長の本音でしょうね」

「ということは?」

「今後、岡部警視が伝えてくる情報をもとに、あらゆる可能性が探られることになります。その中から、捜査本部は最善の道を選ぶはずです」

しばらくは待機するしかありません、と麻衣子は言った。わかりました、と戸井田がうなずいた。

10

午前十一時五十五分、岡部警視が届けたドロップフォンにより、音声に関しての情報収集については障害がなくなった。

捜査本部はいくつかの段階に分けて事件解決のための策を立てていた。まず最初は交渉人による犯人の説得、そして投降だ。

日本の警察は基本的な体質として、流血を好まない。犯人を説得して、投降させるのが望ましいというのは警視庁全体の意見でもあった。

それが難しいと判断された場合、あるいは人質その他の体力、精神力が限界に近づいたと考えられた場合、強行突入も案として出ていた。

ただし、それを可能にするには、現在の情報量で十分とはいえない。具体的な突入方法は別として、確認しなければならないことはいくらでもあった。

強行突入が困難であれば、狙撃班が、外部から犯人を狙撃する可能性も彼らの考慮のうちに入っていた。喫茶店アリサとその向かい側にある前線本部との距離は、国道を挟んでいるだけで二十メートルもない。優秀な狙撃手なら、外しようのない距離だ。

ただし、これは最後の手段であり、最悪の手段でもあった。犯人を殺害してしまえば、メディアを含め、世論の批難の矛先は警視庁に向かう。日本人の銃アレルギーは根深いものがある。

近年、凶悪犯罪が増加していることもあり、拳銃の使用などについて昔より基準がゆるくなっているが、犯人射殺となると話が違ってくる。特に、今回の場合、犯人である福沢基之は暴力団関係者でもなく、前科があるわけでもない。

福沢が人質を射殺するような暴挙に出れば別だが、狙撃は最後の手段、というのは藤堂を含めた警視庁上層部の暗黙の了解だった。

事件が起きてから、約二時間しか経っていない。岡部警視を含めた人質八人は、確認されたわけではないが全員成人だろう。

銃を持った犯人に監禁されているというのは心理的には大きな重圧となっているはずだが、まだ十分に耐えられる時間だった。

可能であるならば、早い段階で事件を解決したい、と捜査本部は考えていた。長引けば長引くほど、想定外の事態が起きる可能性が高まる。

また、犯人の判断力も鈍るし、フラストレーションが溜まれば危険な状況が生まれやすくなる。

同様に、事件を担当している警察側も、長期化すればやはり判断力が低下する。この手の籠城事件において、判断力は事件を解決する鍵といっていい。リスクを避けるためには、日が暮れるまでに事件を解決することが重要なポイントになるだろう。

（交渉を誰に担当させるか）

藤堂が考えていたのはそれだった。今、前線本部には遠野警部と戸井田巡査部長が詰めている。

藤堂には他人に対する好き嫌いがはっきり出てしまうという欠点があり、自分でもそれをよくわかっていた。

そして、藤堂は遠野麻衣子という女性警部が嫌いだった。信頼していない、と言った方が正しいかもしれない。

遠野麻衣子には、交渉人としての才能がある。それは彼女が今まで担当してきたいくつかの事件でもはっきりしていた。だが、今回はどうなのか。

（応援を出すべきか？）

だが、今から前線本部担当を全面的に替えるのは、はばかられるものがあった。遠野麻衣子にも面子があるだろう。

今、ここで岡部が負傷し、人質となってしまったことを理由に遠野麻衣子を前線から下げた場合、この事件はともかく、他の事件において捜査官たちの士気が下がる、という想いが藤堂にはあった。

その危惧がためらいとなり、判断を遅らせていた。捜査本部の通信担当官が、前線本部に入電、と報告したのはその時だった。

「どこからだ？」

「岡部警視の所持していたドロップフォンからです」

「遠野は電話に出たのか？」

「今、出ました。音声を流します」

藤堂は大きく息を吐いた。もう遠野麻衣子を下げることはできない。犯人と最初に直接接触した者が交渉人を務める。それは特殊捜査班の大原則だった。

(やむを得ない)

ボリュームを上げろ、と藤堂は命じた。

11

電話がかかってくる予想は麻衣子の中にあった。岡部がドロップフォンについて、福沢に説明しているのを聞いていたからだ。

現在、店舗内の電話、そして福沢本人のスマホは使用不可能になっている。つまり、福沢は通信手段を失っている。

岡部のドロップフォンを使わざるを得なくなるのは、当初からの予想の内にあった。ただ、これほど早く連絡が入るとは思っていなかった。

「警視庁、遠野麻衣子です」

交渉人は交渉にあたって、自らの身分、階級などに触れない。犯人にプレッシャーを与えるだけだからだ。

無論、姓名は名乗る。名前がなければ、人間同士は互いの接点を持てない。

『福沢といいます』

福沢が言った。最初のコンタクトはうまくいったようだ。

「福沢さん、わたしは警察の人間です。この事件を通じて、死傷者を出したくない、と願っています。もちろん、あなたも含めてです。わたしが望んでいるのは、すべてを無事に終わらせることだけです。信じていただけますか?」

『わたしも……誰かを傷つけたりするつもりはありません。岡部刑事に怪我を負わせてしまったのは事故です。故意にやったことではありません』

「わかっています。そして岡部は刑事です。負傷の可能性があるのは、本人も覚悟があったはずですから、気にする必要はありません。あなたは誤って銃を撃ち、その結果として刑事が一名負傷した。もちろん犯罪ですが、重い罪とはいえません。福沢さん、わたしはあなたの味方です。あなたの側に立つ者と考えてください。あなたが岡部刑事を負傷させたのは、あくまでも誤射によるものだと、わたしは法廷でもどこでも必ず証言します。信じてください」

『本当に、そんなつもりはなかったんです。あくまでも、脅すつもりで……』

「わかります。間違いは誰にでもあることです。やむを得ない事故だと、岡部本人も認めるでしょう」

しばらく沈黙が続いた。福沢さん、と麻衣子は呼びかけた。

「あなたがなぜ今回の事件を起こしたのか、今、わたしは聞こうと思っていません。もっと重要な問題があります」

『もっと重要な問題？』

「あなたを救うことです。よく聞いてください。あなたは現在、岡部刑事を含め、数名の人質を取って、その建物に立てこもっています。あなたが銃を持っていることは既に明らかですから、監禁になります。ですが、今のところあなたは岡部以外、他の人質を傷つけていない。そうですね？」

『ええ』

「わたしはあなたを助けたい。そのための方法はただひとつ、あなたがそこから自主的に出てくることです」

『ここから……出る？』

「そうです。あなたは店の客を銃で脅し、人質に取り、彼らを監禁していますが、まだ負傷者は出ていません。岡部の怪我については、警察が内部の問題として処理します。引き算をしてみましょう。あなたがしたことは何か？　人質を取って自分の店に立てこもっているだけです」

『……そうです』

「大きな罪とはいえません。もちろん、問題は残ります。あなたは自分の犯した罪について、その償いをしなければならない。ですが、重い刑罰が与えられるとは思えません。

繰り返しますが、わたしはあなたの側に立つ者です」

麻衣子の声に力が籠もった。福沢もそれを感じているはずだ。

「人間には誰でも魔が差す瞬間があります。福沢さん、あなたがしていることは、魔が差した上での行為だと思います。わたしを信じて、そこから出てきてはもらえないでしょうか?」

『それは……無理です』

「無理ではありません。勇気があれば――」

唐突に通話が切れた。わずかの間、麻衣子は前線本部の電話を見つめた。

「とにかく、犯人とのホットラインがつながりました。藤堂係長もやり取りを聴いていたでしょう」

はい、と戸井田がうなずいた。麻衣子は小さくため息をついた。

12

この間、捜査一課は駐車場に停められていた車のナンバーの確認作業に入っていた。岡部警視によれば、店内の人質は他に七名いるが、年齢、職業などは不明だ。至急確認するように、という要請が捜査本部を率いる藤堂係長から出ていた。

駐車場の車のナンバーはすぐに確認できた。車は五台、そのうちの一台は福沢基之本人のものだった。

残りの車は四台ある。事件とは無関係の誰かが、広い駐車場に勝手に車を停めている可能性もないとは言えない。捜査一課の担当者が陸運局にナンバーを照会すると、四台の車のうち二台が個人名義、二台が会社名義の車両として登録されているのがわかった。

まず個人名義の車については、一台が目黒区内に住む赤井直也の車で、もう一台は、目黒区内にある薬局に勤めている井ノ口尚子がその持ち主だと判明した。

そして残った二台の会社名義の車だが、一台は品川区の建設会社大田建設名義の社用車、もう一台は渋谷区の不動産会社、四井不動産所有の車両だった。

捜査一課がそれぞれの会社に連絡したところ、まず大田建設の社員、片山秀雄が朝からその車を使用して外回りに出ていること、また四井不動産の営業、田端徳久も同様に車を使用していたことが確認された。

それぞれの携帯電話に連絡を入れたが、いずれも応答はなかった。この四名が人質になっていると考えていいだろう。

残りの人質三名については、今のところ不明だが、付近住民が徒歩でアリサへ来た可能性も考えられるし、赤井以下四名の車に同乗者がいたのかもしれない。

不動産会社勤務の田端徳久が客を同行していた、という報告を捜査一課は受けていた。数日前、四井不動産を訪れた客に対して、田端が物件を紹介すると言っていたことも判明した。残された名刺から、客の名前が富樫則行で、銀座の画廊に勤めていることがわかった。

捜査一課はすぐに画廊に連絡を入れたが、午後から出勤予定という回答があった。人質の中に富樫がいる可能性は高い。

捜査一課が人質たちを調べているのは、彼らの年齢なども含めた体調について知るためだった。もし、人質の中に子供が含まれていると、事件解決の困難さは増す。

強行突破に際し、子供が予想とは違った動きをする可能性は高い。また、犯人としては子供を切り札として使える。

老人でも同じで、どちらの場合も非常に厄介な問題になる。ただし、今のところ判明している人質たちはいずれも二十代から四十代で、確認された限りにおいて何らかの疾患、持病のある者はいなかった。

もちろん、犯人に銃で脅かされ、行動の自由を奪われている以上、あらゆる意味でストレスが溜まっていると推察できたし、肉体的な消耗にもつながることが考えられたが、今のところそれほど大きな問題ではないだろう。

ただし、時間の経過と共に、肉体及び精神の疲労は顕著なものになっていく。その場合、不慮の事態が起きかねない。

例えば、ストレスの限界に達した人質が、犯人に対して反抗的な態度を取ったり、隙をついて襲ったりする可能性がある。

それで事件が解決した例も、ないとは言えない。人質全員が協力し、犯人の行動を阻止、あるいは制圧に成功したケースだ。だが、基本的にはリスクの伴う行為であり、警察としては避けたい事態だった。

なにより犯人は銃で武装している。岡部警視が撃たれたように、何が起きるかわからない。一般人に死傷者が出た場合、マスメディアその他から攻撃を受けるだろう。

今のところ、人質たちが行動に出る可能性は低い。不安よりも混乱の方が大きく、能動的に何かをするという心理状態には至っていないはずだ。

そして、岡部警視が人質となったのは、人質たちにとって心理的な助けになる。その意味で、岡部警視の失態も無駄ではない。

藤堂が麻衣子に、犯人と連絡を取るように命じたのは、午後〇時四十分だった。

13

命令通り、麻衣子は岡部警視が福沢基之に渡したドロップフォンに連絡を入れた。

原則論として、交渉人は頻繁に犯人と連絡を取ってはならないとされる。連絡は犯人にとってプレッシャーと同義語だ。不要なプレッシャーを与えれば、犯人の感情が暴発するおそれがある。

前回の通話から一時間も経っていない今、犯人と連絡を取るのはリスクが高かったが、この場合藤堂の命令には理があった。

　午後一時を迎えようとしている。犯人が人質に対して食事、トイレ、その他について配慮しているのかを確かめなければならない。

　かかってきた電話に犯人が出るかどうかはフィフティ・フィフティだと麻衣子は考えていたが、すぐに福沢が電話に出た。悪くない兆候だ。

「福沢さん、遠野です。いくつか確認したい点があって、連絡を入れました」

『何でしょう？』

「人質に変化はありませんか？　不快感を訴えたり、感情的になっている人などは？」

『いません』

「食事、トイレについて、配慮されていますか？」

『つい先ほど、食事を出しました。パンとジュースというレベルですが……食べた方もおられましたし、残した方もいます。強制はできません』

　食事については、ドロップフォンの盗聴器によって、福沢の声が確認されていた。ただし福沢の指示に対し、人質の側から返答はなかった。

「トイレはどうです？」

『トイレに行きたい人は、挙手するように伝えました。一人ずつ順番に行かせています』

「人質の方たちと、会話はありますか？」

『岡部さんを含め、全員の口をガムテープで封じています。ですから、会話は一切ありません』

店内で声がしないのは、人質の口にガムテープを貼っているためだ、と明らかになった。よくない、と麻衣子は顔をしかめた。

犯人の側からすれば、人質たちが勝手に話し合ったり、一致団結する形で反撃に出るような事態は避けたいだろう。話をさせなければ、そのような事態は起こり得ない。

だが、人質の側にとっては不愉快だろう。黙っていろと命令されるのと、強制的に口の上からガムテープを貼られるのとでは、心理的なストレスが何倍も違う。

そのためにフラストレーションが溜まり、何をするかわからないが、麻衣子も止めることはできなかった。

「福沢さん、先ほども申し上げましたが、わたしはあなたの側に立っています。その上でひとつ提案があります」

『何でしょう?』

「あなた一人で、八人の人質をコントロールできますか?　人数が多くはありませんか?」

答えはなかったが、麻衣子は話し続けた。

「わたしたち警察にとって、人数はあまり関係ありません。一人でも十人でも同じです。人質が一人いれば、わたしたちには手が出せません」

『それは……そうかもしれませんが……』

「八人の人質をどうやって管理し、制圧下に置くつもりですか?　時間が経つにつれて、あなたには強いプレッシャーがのしかかってくるはずです。福沢さん、それに耐えられますか？」

『それは……』

「まだわたしたちはあなたについて、調べ始めたばかりです。今のところ、何もわかっていないと言ってもいいでしょう。ですが、あなたは普通の一市民ですね？　プレッシャーに耐えられるとは思えません。よく考えてください。これ以上問題が大きくならないうちに、そこから出た方がいいのでは？」

『……考えてみます』

通話が途絶えた。ひとつ大きく息を吐いて、麻衣子は額の汗を手で拭った。

14

メディアが動き始めた、と本庁から東碑文谷署の捜査本部へ連絡が入ったのは、午後一時を少し回った頃だった。

警察とメディアの関係性は非常に特殊だ。基本的には身内感覚があるが、状況によっては敵ともなり、味方ともなり得る。

その関係は、常に危うい。警察の側としては、メディアが捜査の妨害になるおそれがある一方、メディアにとって警察は、限定された情報しかオープンにしない組織だ。事件捜査と報道の自由は、相反している。

今回のような籠城事件の場合、メディアは捜査の邪魔になる。犯人がテレビあるいはインターネットを通じて、自らを取り巻く状況を知り、結果として自暴自棄になり、人質を負傷させたり、場合によっては死に至らしめるかもしれなかった。

本庁広報課からの連絡によれば、新聞社二社、テレビ局一社が現場に記者を送り他社もそれに追随しているという。藤堂は広報課に対し、報道規制を要求したが、時間も経過しておりそれは困難だ、と返答があった。

犯人の出方が不明なため、報道を規制するわけにはいかない、というのが広報課の判断で、やむを得ないところだろう。

やむなく、藤堂は次善の策を取ることにした。メディア各社に対し、報道において一定の自由は認めるが、そこに制限を設けるというものだ。

具体的にはテレビのニュース番組等で事件の報道をする際、犯人を刺激するような言葉の使用を禁止するというもので、警察の常套手段といっていい。

「新聞はいい。犯人がその記事を読む頃には、どうせ事件は終わっている」

藤堂は捜査本部の広報担当官に指示した。

「ただし、テレビ、ラジオ、ネットメディアは問題だ。犯人を刺激する可能性が生じる。何としても、阻止するように」

メディア対策のため会議室を出た広報官と入れ替わるように、捜査一課の権藤（ごんどう）警部が戻ってきた。

「福沢の妻は見つかったのか？」

藤堂の問いに、まだです、と権藤が答えた。

「ただ、福沢の娘についてわかったことがあります」

「福沢の娘？」

「報告が上がっていると思いますが、福沢には娘がいました。名前は亜理紗（ありさ）。店名は娘の名前から取ったようですね。福沢の娘は四年前に亡くなっています」

鬼瓦（おにがわら）のような表情で権藤が言った。そうだった、と藤堂はうなずいた。

「その報告は来ている。福沢は運が悪い男だな。父親を亡くし、娘まで亡くしている」

福沢の身元を確認していた東碑文谷署の捜査官が、区役所で福沢基之の戸籍を閲覧し、コピーを取り寄せていた。その資料は藤堂も見ている。

「六歳で死去と書いてあったが……それがどうかしたのか？」

「憶（おぼ）えていませんか、係長……四年前に起きた事件です」

「四年前？」

「正直なところ、自分も忘れていたのですが……つい先ほど、東碑文谷署の連中に教えられました。四年前、福沢亜理紗は死んでいます。殺害されたんです」

殺害。穴が開くほど権藤の顔を見つめていた藤堂が太い指を鳴らした。

「思い出した……目黒の少女殺害事件だな？」

そうです、と権藤がうなずいた。

「四年前、福沢亜理紗という小学校一年生、六歳の少女が下校途中、何者かによって誘拐され、翌日、死体となって発見されました。自分はその事件の捜査に直接関与していませんが、捜査本部が設けられたのは記憶があります」

「それが福沢基之の娘だったと？」

問題はそこではありません、と権藤が首を振った。

「事件は十日ほどで解決しました。逮捕されたのは、福沢の自宅近くに住んでいた中学三年生、十五歳の少年でした」

「そうだったな。私も憶えている」

四年は短いようで長い。事件は次々に起こる。四年前の殺人事件を忘れていてもやむを得ないだろう。

ただ、福沢亜理紗殺害事件はよくある事件ではなかった。犯人は十五歳の少年であり、その異常さが新聞、テレビなどで大きく報道されたため、藤堂にも記憶があった。

「……今回の事件はそれと関係があると？」

おそらく、と権藤が言った。

「犯人の少年は逮捕後、精神疾患があると診断され、医療少年院に入っていました。その後、少年院に移され、本庁に確認の連絡を入れたところ、四カ月前に少年院を出院している、と回答がありました」

「福沢はそれを知って？」

「福沢が店を改築したのは三カ月前です。辻褄は合います」

待て、と藤堂は片手を挙げた。

「本件の動機はそれだと？」

「おそらく」

しばらく考えてから、藤堂は権藤に指示を出した。

「本庁と連絡を取れ。詳しい事情を知っている者もいるだろう。当時の捜査本部にいた捜査官を捜せ。もうひとつ、この情報を前線本部に伝えろ。ただし、他には漏らすな。マスコミに知られたら、とんでもないことになるぞ」

「連中が気づかないことを祈るだけです」

つぶやいた権藤が会議室を出ていった。藤堂は額に指を押し当て、長い息を吐いた。

15

福沢亜理紗殺害事件の詳細な報告書が東碑文谷署の捜査本部で指揮を執っていた藤堂のもとへ届いたのは、それから約一時間後だった。報告書のコピーは前線本部にいる遠野麻衣子にも送られている。

当時の捜査本部がまとめた捜査報告書は、A4サイズにして百枚以上という膨大なものだった。

四年前の六月九日、娘が夕刻を過ぎてもまだ帰ってこない、という電話が警視庁に入った。行方不明になった娘は当時六歳、小学校一年生になったばかりの福沢亜理紗、電話をかけてきたのはその父親で、目黒区内で喫茶店を経営している福沢基之という男だった。

福沢によれば、いつもは午後三時頃、遅くても五時までには必ず帰宅する娘が六時を過ぎても帰ってこないという。福沢は自らの判断で娘が通っていた学校と連絡を取り、午後二時前後に同じクラスの児童たちと共に下校したのを確認していた。子供の見守りアプリ入りのスマホは、運悪くその日に限って忘れていた。

しかし、まだ日も暮れきっていない時間だった。娘が心配だという親の気持ちはわかるが、警察がその行方を捜索するにはまだ早いと電話を受けた担当者は考え、それを福沢に伝えた。

福沢は終始冷静だった、と報告書には記されていた。警察の判断を受け入れつつも、それでも不安が残る、というニュアンスの言葉を口にしていたという。

警察の説得に福沢も一応は納得し、もう少し待ってみると言い、最初の通話は終わった。ただし、警視庁の担当者が漠然とした不安を感じていたことも確かで、福沢から受けた電話について、担当者は上司に報告を入れている。

小学校一年生の子供が一、二時間帰宅が遅くなったぐらいで、上に直接報告することはほとんどない。何らかの形で、予感があったのだろう。

それは報告を受けた上司も同じだった。当時、児童に対する無差別殺人事件が頻発していたことも、彼らの脳裏にあったのかもしれない。

警視庁本庁から目黒警察署に連絡が行き、六歳の少女が行方不明になったと伝えられたが、この時点で警察は一切捜索をしていなかった。

帰宅が一、二時間遅れているだけで、行方不明になった少女を捜すために警察官を動員するわけにはいかない。しばらくは様子を見よう、というのが彼らの認識だった。

同日夜八時、福沢基之から再び警察に連絡が入った。二時間待ったが、娘はまだ帰ってこないという。妻と娘のクラスメイトの家に連絡を入れ、一緒に下校した者がいたかどうかを調べると、二人のクラスメイトの名前が浮かび上がった。

彼女たちの説明によって、いつもと同じように家へと帰り、その後近所の公園に集まる約束をしていたことがわかった。公園へ来たのは亜理紗以外の二人だけだった。

福沢亜理紗が通っていたのは私立陽山（ようざん）大学付属小学校で、隣に池田山公園がある。自宅はそこから一キロほど離れた目黒雅叙園（がじょえん）の近くだ。

三人の少女が別れたのは、その途中にあるコロンビア大使館付近だった。福沢亜理紗の自宅までは五百メートルほど、目と鼻の先といってもいい。

何かがあったとすれば、その五百メートルの中でのことになるが、午後二時ないし三時という時間、目黒駅周辺に人通りは少なくない。

誰かが強引に少女を連れ去ろうとしたとすれば、目撃者がいてもおかしくはないが、この時点でそのような報告はなかった。

被害者にとってさらに不運だったのは、この間の防犯カメラにその姿が確認できなかったことだ。

警察が状況を伝えると、福沢は取り乱し、説得する言葉を聞こうとしなかった。ただ娘を捜してほしいと繰り返すばかりで、他のことは何も耳に入らないようだった。

この訴えを受け、目黒署は数人の捜査官を福沢の自宅へ派遣、詳しい事情を聞くことにした。福沢亜理紗が何らかの理由で行方不明になっている、と判断したのは午後十時を回った段階だった。

ようやくこの時点で、警察は福沢亜理紗が何かの事件に巻き込まれたか、最悪の場合誘拐された可能性について検討を始めた。だが、日付が六月九日から十日に変わった時点でも、福沢亜理紗の行方は不明なままだった。

目黒署の捜査官約五十人がその捜索にあたったが、目撃者を探し出せないほど、時間は遅くなっていた。警察の手配が後手に回っていたのは事実で、後に目黒署の署長と副署長が譴責処分を受けたのは、この間の経緯による。

六月十日、夜明けと同時に、捜索隊が増員され、本庁からも人員が派遣された。本格的な捜索が始まったが、その結末は悲惨なものだった。

福沢亜理紗が小学校から見て自宅とは反対側にあたる東五反田四丁目の廃ビルで発見

されたのは、午前九時過ぎのことだ。発見された段階で、すぐに死亡が確認された。死体はほぼ全裸であり、陰部に棒きれが突っ込まれるなど、状況は陰惨としかいいようのないものだった。

司法解剖の結果、死因が絞殺であること、全裸にされ、悪戯を受けたのは死後であること、また死亡してから約十時間が経過していることが判明した。つまり、六月九日の夜十一時前後に殺害されたことになる。

福沢の最初の通報は九日午後六時だったので、警察としては大失態だった。その時点で本格的な捜索に踏み切っていれば、福沢亜理紗の死は防げたかもしれない。

ただ、それは警察にとって酷な判断というべきだろう。帰宅が数時間遅れたという理由だけで、所轄署の総力を挙げて児童の行方を捜さなければならないとすれば、警察は現在の数倍の人員を必要とする。午後六時の段階で様子を見ることにしたのは、やむを得ない判断でもあった。

もちろん、その事情は福沢亜理紗の両親も理解していた。メディアもやはり同じ論調だった。微妙だが警察の判断は妥当なものであり、憎むべきは犯人だというのが彼らすべての共通認識だった。

16

殺害された少女の年齢、また、わずかな空白の時間をついて少女を連れ去った犯人の手口、加えて猟奇的な犯行の模様等、その他あらゆる意味で事件はメディアにとって格好の素材となった。

連日連夜、メディアは福沢夫妻を追いかけ、同時に警察の捜査の進展についても報道を続けた。

事件には異常なところがあった。犯人は何らかの手段で少女を廃ビルに連れ込み、性的な悪戯をしようとしたがそれに失敗し、逆上して少女を絞め殺した。

その後も少女を全裸にして悪戯を試みるなど、常軌を逸していると感じさせるものがあった。

警視庁捜査一課は目黒署に捜査本部を設置し、事件解決のための捜査を開始した。捜査陣から早い段階で上がっていたのは、犯人に土地勘がある、という意見だった。

犯人は福沢亜理紗を自宅からわずか数百メートル圏内で連れ去っている。しかも、人通りが少なかったわけではない。その中で目立たないように少女をさらえるのは、地元の人間以外にいない。

死体が捨て置かれていた廃ビルについても、同じことがいえた。このビルはその数カ月前に解体処分が決まっており、入居者及びテナントは既に全員がビルを出ていたが、まだ工事は始まっていなかった。

そしてビルへ入るプッシュボタン錠は、当該暗証番号部分が摩滅しており、気づいた者ならば誰でも入ることができた。

通行人の目には、まだビルとしての機能が生きているように見えたはずだ。事情を知っていなければ、そのビルに死体を捨てていくことはできない。

以上の理由から、捜査本部は犯人を地元の人間、目黒区か品川区周辺に住居を持つ人間と想定し、捜査を進めた。徹底的な聞き込み捜査を続けた結果、浮かび上がってきたのは成人ではなく中学三年の少年だった。

小幡聖次（こばたせいじ）というその少年に関して、聞き込みの結果得られた情報は以下のようなものだった。小幡はいわゆる不良ではなく、またその種のグループに属しているわけでもなかった。

通っていた区立中学のクラスでは、浮いていたというより、誰もが気味悪さのあまり近づけない生徒だった。

小幡は時々どこかで猫を見つけてきては、それを家に連れ帰ることがあった。また、近隣で複数の猫の死体も見つかっており、猫を解剖しているとの噂も立っていた。

学校の教師が噂を聞きつけ、本人に確認したところ、小幡は否定した。自分は猫の解剖などしたこともないと言った。

この情報をもとに、内偵が進められた。小幡の当日のアリバイ。事件前後に何か変化はなかったか。犯行を匂わすような発言をしてはいないか。

いずれについても心証はクロだった。被害者である福沢亜理紗を犯人がさらったのは六月九日午後二時から三時までの間だと考えられていたが、その間小幡を見た人間はいなかった。そればかりか、犯行当日の夜遅くまで、本人が帰宅していないことも明らかになっていた。

また、クラスメイトに、人間を殺したらどんな気分になるか、と尋ねるようになったのは事件後だった。死体が発見された廃ビルのことを小幡が知っていたのは、早い段階からわかっていた。

警察官二名が事情聴取のため小幡家を訪れたのは六月二十日だった。母親に案内されるまま、小幡聖次の部屋のドアをノックすると、まだ幼い顔をした少年が出てきた。警察官が自分たちの身分を告げると、そうですか、という答えがあった。

「君は福沢亜理紗ちゃんという女の子を知っているか?」

警察官の一人が尋ねた。知ってますよ、と少年が答えた。

「とてもかわいらしい子でしたね」

「君が……あの子を殺害したのか?」

「ええ、そうです」

悪びれることなく少年が言った。母親が顔を両手で覆い、大声で泣き始めた。

17

「これですべてですか？」

麻衣子は尋ねた。立っていたのは福沢亜理紗殺害事件の捜査本部にいた光永警部補だった。

「その場で小幡少年を緊急逮捕、その後証拠固めなどを含め、さまざまな手続きがあったと記憶しております」緊張した表情で光永が言った。「重要なポイントとして、犯人は亜理紗ちゃんを殺害した際に細い紐状の凶器を使っていましたが、これが本人の証言通り廃ビルのゴミ捨て場から出てきたのが決め手となりました。その紐に亜理紗ちゃんの皮膚痕が残っていたことも確認されています」

「その後は？」

「逮捕当時、小幡少年は十五歳でした。当然ながら少年法の適用範囲になります。少年審判が行われましたが、争点は小幡少年の精神状態でした」

「憶えていますよ」戸井田が横から口を挟んだ。「確か、何人も医者を代えて、精神鑑定をやったのでは？」

その通りです、と光永がうなずいた。

「三名の精神科医により、精神鑑定が行われました。小幡少年は精神疾患を持っている可能性がある、というのが最終的な鑑定結果でした」

「それからどうなりましたか？」

「責任能力の有無を争点に裁判が始まりましたが、最終的に精神疾患の治療の必要があると判断されて、小幡は医療少年院に送致されました。そこで二年弱、治療を受けた後、少年院に移送され、今年の二月の終わりに出院したと聞いています。本人を引き取ったのは少年の両親ですが、現在どこにいるかは不明です」

「少女一人を殺してですか？　そんなに早く？」憤慨したように戸井田が言った。「そんな馬鹿な！」

犯人は六歳の少女の命を奪った、憎むべき存在です、と光永が言った。

「ただし、その犯人もまた十五歳の少年だった。それを考えなければなりません」

しかし、と言いかけた戸井田を光永が手で制した。

「少年法は何度か改正され、厳罰化が進んでいますが、加害者の人権もあります。少年法は少年の更生を促すためにあるんです」

「それじゃ、殺し得じゃないですか」

戸井田の怒鳴り声に、光永が目を伏せた。

最後にひとつだけ、と麻衣子は言った。

「小幡はなぜ福沢亜理紗を犠牲者に選んだのでしょう？」

それは報告書に記載があります、と光永が頁をめくった。

「当日、小幡は登校しておりません。殺人への衝動が抑え切れなくなっていた、と本人が述べています。午前中、自宅近辺をうろうろしていたが、結局誰も見つけることができなかった。その後、ファストフード店でオレンジジュースを飲んでいると、窓の外にいる三人の少女が目に入った。そのうちの二人がその場を離れ、一人だけが残った。好機と考えた小幡は持っていたお菓子を少女、つまり福沢亜理紗に与え、お菓子の国があると誘いました。言うまでもありませんが、そこが例の廃ビルです。菓子を食べた亜理紗ちゃんは眠ってしまったが、数時間が経過したところで目をさまし、ぐずり出した。その時、自分の中で何かが大きく膨れ上がるのを感じ、気がつくと細いロープで少女の首を絞めていた……それが小幡の供述です」

「……殺害する相手は誰でもよかったんですか?」

呻くように戸井田が言った。無言で光永が報告書を閉じた。

嫌な事件だ、と戸井田がつぶやいた。問題は福沢基之です、と麻衣子は言った。

「あの喫茶店から出てくるように交渉しなければなりません」

「わかっていますが……」

「戸井田さん、捜査本部に連絡を。今の情報を踏まえて、福沢基之と再びコンタクトを取るべきですが、許可がいります」

戸井田が電話機に手をかけた時、着信音が鳴った。麻衣子はデスクを見た。鳴っていたのはデスクの中央に置かれた福沢との連絡専用スマホだった。

18

遠野です、と麻衣子はスマホをスピーカーモードに切り替えた。福沢です、と男の声がした。

『人質を数名、解放したいと思います。あなたの言う通り、八人の人間をわたし一人で監視するのは難しいでしょう』

麻衣子は力を込めて手を握った。

「現実的な判断だと思います。訓練された警察官でも、一人で監視できるのは三人が限度です。福沢さん、何人解放してくれますか?」

『三人です。わたしが人質を解放しようと考えたのは、岡部という刑事さんの肩の傷が思ったよりよくないということもあります。一時は出血も止まっていましたが、また血が流れ始めました。人殺しをしたいわけではありません』

「わかっています。あなたは人を殺せるような人間ではない、そうでしょう?」

『この電話を切ったら、岡部刑事と二人の男性を表に出します。収容してください』

「もちろんです。ですが、ひとつだけ提案があります」

『何でしょうか?』

「人質の中に、女性が二人含まれていることは調べがついています。先ほども言いましたが、一人の人間が完全な形で監視を続けられるのは三人が限度です。八人の人質のうち、三人を解放しても、八マイナス三は五です。つまり、あなたはまだ必要以上の人質を擁しているんです。女性二人も解放してください。それでも三人の人質が残ります」

　麻衣子としては一人でも人質の数を減らしたかったが、岡部の負傷もあり、犯人の側から人質の解放を申し出てきた。これをチャンスと捉え、更に多くの解放を促したのは、交渉人として当然だろう。

　一人の人間が完全な形で監視できるのは三人までと強調したが、手錠などを使って人質を拘束している場合、十人ないし二十人までの監視が可能だ。

　だが、麻衣子は三人という数を強調した。それによって犯人の心理的な動揺を誘うのが目的だったが、解放する人数は三人、という線を福沢が譲ることはなかった。

『今から三人の人質を解放します』

　通話が切れた。同時に戸井田が、藤堂係長からです、と捜査本部からの直通電話を指さした。

「遠野です」

　聞いた、という藤堂の声がした。

『何にせよ、三人でも解放するのはいい兆候だ』

「わたしもそう思います。ただ、岡部警視の傷が心配です」

『救急車の手配はしてある。その他の人質については、一度捜査本部に収容する』

了解です、と麻衣子は答えた。命令系統として、前線本部は捜査本部の下に位置する。捜査本部が捜査方針を決定し、前線本部はそれに従って動かなければならない。解放された人質の事情聴取をまず捜査本部が行うのは、常識でもあった。

『解放された人質の収容に、こちらから人員を出す。前線本部が動く必要はない』

「お願いします」

店の正面入口のドアが開くのが見えた。三人の男が立っている。背後にもう一人、瘦せた中年の男がいたが、おそらくは福沢基之だろう。

押されるようにして、三人の男がドアの外に出た。全員の口にガムテープが貼られている。

真ん中にいるのは岡部警視だった。左の肩が真っ赤に血で染まっている。それを支えるように、二人の男が歩きだした。

『収容を開始せよ』

命令した藤堂が通話を切った。防護盾を構えた四人の警察官が三人の人質たちの方に向かって行った。

19

負傷した岡部警視は警察病院に搬送された。本人が言っていたより傷は深く、出血が続いていた。

ただし、話せないわけではない。意識もはっきりしていたし、現場である店内で何が起きていたか、他の警察官に伝えることは十分に可能だった。

解放された他の二人も、状況を警察に話した。二人のうち年かさの男は花田政幸という四十歳の中古車ディーラーで、もう一人の小口裕次は花田の客だった。

小口は所有している車を下取りに出し、別の中古車を買おうと考えていた。それを花田に相談するため、二人で喫茶店アリサに徒歩で入り、客としてコーヒーを飲んでいたという。

「約束は九時でした」

捜査本部に臨時に設けられた取調室で、小口が言った。その顔色は真っ青だった。

「ぼくは五分ほど遅れたと思います。花田さんはもう店にいました」

そうです、と花田がうなずいた。

「購入する予定だった車の話をしばらくしていたと思います。ぼくの方の予算と花田さんの試算が合わなくて、どの辺で折り合いをつけるか、しばらくお互いの出方を窺っていた、そんな感じでした」

その後は、と担当の捜査官が尋ねた。女性の客が、と小口が言った。

「正確には憶えてませんが、九時半ぐらいにぼくたちより先に来ていた女性客がレジへ向かいました。四十歳ぐらいの女性です。一人で来ていたようでしたね。花田さんは見ていましたか?」

「いや、私はレジが背中側だったので……」

「ぼくも注意して見ていたわけじゃありません。だから、いきなり女の人の叫び声がした時は驚きました。何があったのかと……」

そうでしたね、と花田がうなずいた。

「何が起きたのかと思って振り向くと、男が女の背後に回って、首に大きなナイフを突き付けていたんです」

どんなナイフだったでしょうか、と捜査官が尋ねたが、二人とも具体的な形は説明できなかった。サバイバルナイフだろうと推定されたが、確定した情報ではない。

「言う通りにしないと女を殺すと言われました。その男が店主だとわかったのはその時です。それまでは、誰が何をしているのか、さっぱりわからなくて……」小口が手首をさすった。「レジかカウンターに隠していた手錠を渡され、それで自分の左手首と右の足首をつなげと命じられました。従うしかないと……」

あの時はそうせざるを得ませんでした、と花田が言った。

「従わなければ、あの女性客は刺されていたでしょう。どうすることもできませんでした」

「それから?」

私たちも含めて、と花田が指を折った。

「七人の客がいましたが、犯人の命令に従い、手錠をはめました。その後、一人の女性を椅子に座らせましたが、それからどれぐらいの時間が経っていたか、私にはわかりません。小口さんはどうです？」

「同じです。何が起きているのかわからないまま、判断停止状態といいますか……気がつくと犯人がどこかへ電話をしていました。後で考えると、警察と話していたんですね？」

時間的に考えるとそうでしょう、と捜査官はうなずいた。

犯人も混乱していたんだと思います、と花田が言った。

「警察に電話をかけたことで、落ち着きを取り戻したように見えました。その後、あなたたちを人質に取り、この店に立てこもる、食事その他については心配いらない、トイレに行きたい者は手を挙げるように、そんなことを言ってました。銃を持ち出したのは、あの時だったと思います」

そうです、と小口がうなずいた。

「ナイフはジャケットの内ポケットにケースがあって、そこに入れていました。カウンターの奥から銃身の長い銃を取り出して、見せつけるようにしていたのを憶えています」

「口にガムテープを貼られたのは、その後です。それからは時間の感覚がなくなって……一時間ぐらいですかね？」

花田の問いに、わかりません、と小口は首を振った。肩をすくめた花田が話を続けた。

「電話でしばらくやり取りを続けていた犯人が、正面のドアに近づいていきました。それからはあっという間の出来事だったんで、はっきり憶えていないんですが、犯人がドアを開き、警察の人を店の中に入れようとしました。人質にしようと思ったのでしょうか？　そこでちょっと揉み合いのような感じになり、いきなり銃声が鳴ったのはその時です。警察の人が肩を押さえて倒れました。私たちもパニック状態ですよ。人が撃たれるところを、数メートルという距離から見るなんて、思ってもいませんでしたからね」

まったくです、と小口が頭を掻いた。

「あれには驚きました。すぐに警察の人が立ち上がりましたが、肩の辺りが血で真っ赤でした。その後、警察の人も手錠で手足をつながれ、椅子に座らされていましたが、傷を押さえていたハンカチが血でぐちゃぐちゃになっていましたし、顔色は真っ青だし、放っておいたら死ぬと思いましたね」

「犯人もそれはわかっていたんでしょう。警察の人を解放すると言いました。その前に犯人は、私たちを店の中央に集めていたのですが、たまたま、私と小口さんが店の出入口に一番近いところに座っていたため、警察の人を外に出すのを手伝ってくれと言われました。そうしたら自由にしてやるからと……正直、助かったと思いましたね」

その後については確認するまでもなかった。福沢は二人の手錠を外し、岡部警視と共に店の外に出した。警察が彼ら三名を収容したのはそのすぐ後だ。

担当捜査官は福沢の様子、持っていた銃、他の人質について質問を重ねたが、はっきりした答えは返ってこなかった。岡部警視も含め全部で八人の人質がいたこと、そのうちの二人が女性だったこと、また福沢については最初のうちこそ興奮気味だったが、時間の経過と共に落ち着きを取り戻した印象を受けた、と二人は話した。

その証言は即時捜査本部に上げられた。同時に、警察病院に収容されていた岡部警視にも確認を取り、二人の話に間違いがないことが明らかになった。

すべての情報は捜査本部と同様に前線本部にも伝えられた。確実なのは、人質がまだ五人残っていることだった。

20

待機を続けていた前線本部の遠野麻衣子のもとへ、福沢から連絡が入ったのは人質三名を解放した三十分後だった。

「遠野です」

落ち着いた声で麻衣子は電話に出た。福沢です、とぼそぼそと囁くような声がした。

『遠野さん、お願いがあります』

「何でしょうか。できることであれば、あなたの意思に沿うつもりです」

『マスコミを……テレビ局の人たちを、店の駐車場に入れてください』

「テレビ局？　どういう意味です？」

『テレビ局のカメラを店の駐車場に入れてください。わたしが籠城しているこの状況を、テレビを通じて実況中継してほしいのです』

「……目的は何です？」

『後で説明します。とにかく、早くテレビカメラを入れてください』

「わかりました。ただ、わたしたちにできるのは、店の駐車場にカメラを入れてほしいとテレビ局に要請することだけです。彼らが応じるかどうかは別の問題です。テレビ局が応じるには、大きな障害があります」

『障害？』

銃です、と麻衣子は長い髪を片手ではらった。

「福沢さん、あなたは銃を所持しています。そして、あなたはその銃で警察官を撃った。わたしがマスコミ関係者なら、そんなリスクの大きい現場に人員を送り込むことはできません」

『あれは……事故です』

「わかっています。あなたに岡部刑事を撃つつもりはなかった。岡部刑事を撃ったところで、得られるものはありませんから。ですが、マスコミはどうでしょうか？　彼らは警察官とは違います。撃たれるリスクを背負うわけにはいきません。わかりますね？」

『撃ちません。約束します』

「わたしはあなたを信じます。でも、マスコミがあなたを信用するか、そこはわかりません。あなたは岡部刑事を撃ってしまった。つまり、現場に一歩踏み込めば、撃たれる危険性があるんです。彼らがそう考えるのは間違いありません」

それは、と言ったきり福沢は黙り込んだ。麻衣子は言葉を重ねた。

「福沢さん、こちらからも提案があります」

『……何でしょう？』

「あなたは、もう銃を撃たない。そうですね？」

『はい』

では、銃を持っている意味はないでしょう、と麻衣子は言った。

「銃を渡せば、わたしもマスコミを説得できます。それでも彼らが現場に入ると、保証はできません。ですが、撃たれるリスクがなければ、彼らも動きやすくなると思いませんか？　整理しましょう。あなたはもう銃を撃たないと言った。それなら銃を持っている必要はありません。銃を渡せば、マスコミへの説得が容易になります。わかりますか？」

『待ってください……そんな……』

麻衣子は唇を湿らせた。銃を福沢の手から取り上げるには絶好のチャンスだ。

「あなたはマスコミを通じて、何かを世の中に訴えたい。そうですね？　見ず知らずの人たちを撃ち殺すことが目的ではないはずです。でも、あなたが銃を持っている限り、彼らマスコミに対し危険を冒して現場に入ることを強制できません。彼らにも自分たちの命を守る権利があります。それはあなたもわかっているはずです」

『銃は……渡せません』

わかりました、と麻衣子はスピーカー状態のスマホに呼びかけた。

「わたしはあなたの意思を尊重します。あなたが銃を渡せないと言うのであれば、やむを得ません。あなたが銃を持っているという前提条件のもと、マスコミと話します。それでいいですね？」

『結構です』

「ただし、無理な説得はできません。調整には時間が必要です」

焦ってはならない、と麻衣子は思った。

「今から全マスコミに対し、あなたの要求を伝えます。彼らは会社という組織に属しています。彼らだけの判断では動けません。協議する必要もあるでしょう。時間をください。途中経過については、あなたに連絡を入れます」

『わかりました』

唐突に通話が切れた。

「遠野警部……福沢の要求について、マスコミに話すんですか？」

戸井田が尋ねた。いえ、と麻衣子は首を振った。

「マスコミに話せば、彼らは喜んで店の駐車場にテレビカメラを担いで入るでしょう。混乱するだけです。戸井田さん、今、何よりも重要なのは時間です。時間を稼ぐために理由付けしただけです」

それにしても、と戸井田が首をひねった。

「何のために福沢はテレビ局のカメラを現場に入れろと要求してきたんでしょう?」

伝えたいことがあるんです、と麻衣子は答えた。

「おそらく、自分の娘が殺された事件と関係があります。何を言うのかはわかりませんが……」

麻衣子は電話に手を伸ばした。今後について、藤堂と話さなければならなかった。

21

麻衣子と福沢のやり取りを聴いていた藤堂係長、そして捜査本部も手をこまねいていたわけではない。彼らは喫茶店アリサの監視を厳重にする一方、店内の様子を探るべく懸命の努力を続けていた。

彼らのもとには福沢が店を改築した際の設計図がある。また、岡部警視及び解放された二名の人質の証言により、店内のどこに人質がいるのか、状況もある程度わかっている。

ただ、岡部たち三名を店外に出してから、人質の居場所を変えた可能性があった。店の窓にはすべてレースのカーテンが引かれているため、直接目視することはできない。

花田と小口によれば、他の人質たちは疲れているが、まだ心理的にも肉体的にも限界にあるわけではないようだ。犯人の福沢も同様で、隙のない印象を受けた、と二人は口を揃えた。

藤堂も経験が浅いわけではない。過去にいくつもの籠城事件を担当している。それらの事件を通じて学んだのは、人間の心が些細なきっかけで崩れていくことだった。

人質の側にも、犯人の側にも同じことが言える。ストレス、あるいはプレッシャーから人質、そして犯人の心が壊れていくのは珍しくない。

その場合、最終的に訪れるのは悲劇的な結末だ。警察が事件の早期解決を図るのはそのためもあった。

事件が発生してから、約五時間が経過している。長引けば長引くほど、不測の事態が起きる可能性が高くなる。できれば二十時間以内に解決したい、と藤堂は考えていた。

強引に、というわけではない。状況を考え合わせた上で、慎重に捜査を進めなければならないが、いずれにしても二十時間を超えれば危険だ、と藤堂は判断していた。

そのために藤堂は警視庁ＳＡＴに、強行突入を想定した上での訓練を要請していた。喫茶店アリサの内装を模した簡単な建物を造り、どこから突入すれば犯人を確保できるか、人質を無事に保護できるかを検討するための訓練だ。

福沢は銃とナイフで武装している。他にも武器を所持しているかもしれない。

犯人の確保と人質の保護を同時に行わなければならないが、困難が予想された。人質の命を優先するなら、犯人狙撃もやむなし、という強硬意見も出ている。

だが、藤堂としてはそのような事態は避けたかった。福沢を投降させる鍵を握っているのは、交渉人である遠野麻衣子だ。藤堂は電話に手をかけた。

『遠野です』

麻衣子の声が聞こえた。状況はどうか、と藤堂は尋ねた。

『福沢が要求を出しましたが、応じるつもりはありません』

「所持している銃器類を放棄する可能性もなさそうだな」

『ないでしょう』

「人質は減らせないのか」藤堂はいらついた声を上げた。「五人は多すぎる。SATが強行突入をした場合、人質が犠牲になりかねない。何とかならないか？」

『今後、犯人と交渉し、人質の数を減らしたいと思っていますが、今は無理です』

「犯人の様子はどうだ？」

『今の段階では、冷静さを保っています』

「根拠は？」

『電話の声です』

そうか、と藤堂はつぶやいた。係長、と麻衣子の声がした。

『焦っても得られるものは何もありません。わたしは時間を確保しました。福沢はわたしがマスコミと折衝していると考えています。今後、様子を見ながら、交渉に臨みます』

受話器を持ち替えた藤堂の前に、通信班員がメモを差し出した。そこに記されていた文字を目で追いながら、遠野警部、と藤堂は言った。

「喫茶店メドレー近くで張り込みを続けていた警察官から連絡があった」

『何です？』

福沢の妻、美津子を確保した、と藤堂は額の汗を拭った。

「現在、事情聴取を行っている。福沢美津子は事件に関与していないようだが、詳しいことは彼女を捜査本部に連れてきてから調べる。その内容は追って伝える。以上だ」

『了解しました。係長、捜査本部での取り調べが終わったら、福沢美津子を前線本部に呼ぶわけにはいきませんか？』

「何のためだ」

『福沢基之の人柄を知るためです。その必要があると思います』

「わかった。ただし、時間がかかるぞ」

『構いません』

藤堂は受話器を置いた。福沢美津子の身柄確保は、朗報といっていい。新しい情報を入手できるのは間違いなかった。

至急連絡、という通信班員の声が捜査本部に響いた。

二章　マスメディア

1

警察が福沢美津子の身柄を押さえるまでには、以下のような経緯があった。

福沢夫妻が二軒の喫茶店を経営していることは調べがついていた。福沢本人は目黒区でアリサ、そして妻の美津子が杉並区でメドレーという店の店長を務めていることも判明していた。

ただし、事件が起こった時点で、警察は福沢美津子の所在をつかんでいなかった。メドレーに向かうと、美津子は不在で、店も閉められていた。

警察はアリサにおける籠城事件に美津子が関与している可能性について検討したが、結論は出なかった。

その後、従業員からの情報で、美津子が業者と会っていることがわかり、捜査本部から派遣された四名の捜査官が喫茶店メドレーの近くで待っていると、本人が戻ってきたため、その身柄を確保した。

女性は自分が福沢美津子であると認め、所持していた免許証から本人確認が取れたため、緊急の事情聴取を行った。一刻も早く事件に関する情報が欲しい、と捜査本部は要請していた。

事情聴取を担当したのは白田警部補で、福沢が喫茶店アリサに人質を取って立てこもっていると伝えたが、女の表情は変わらなかった。

「いつか、そうなると思っていました」

それが彼女の第一声だった。詳しく事情を聞くと、四カ月ほど前に被害者等通知制度により、自分たちの娘を殺害した小幡という少年が出院したとの連絡が検察からあったとわかった。

その知らせを受けてから、主人の様子が変わりました、と女性が話した。ぽつりぽつりと語る言葉によれば、思い詰めていた福沢が何かするのではないかと思っていたが、自分も心情はよくわかっていたので、止めるつもりはなかった、ということだった。

ただし、事件の計画について、夫から直接聞いてはいない、とも主張した。射撃の練習に頻繁に行くようになったこと、アリサの内装を変えたことは知っていたが、その理由について聞いたり、問いただしたことはなかったと話した。

何らかの目的があることはわかっていたし、問題の少年の出院と関係あるのは察しがついたが、何のためにとは聞かなかった、と話した。

白田警部補は捜査本部に連絡を入れ、福沢美津子は籠城事件と関係ないようだ、と心証を伝えた。

福沢が何らかの形で事件を起こすことは予想できたかもしれないが、事件に関与している者はここまで率直な形で事情を話さない、と白田警部補は判断していた。

白田に対し、福沢美津子を東碑文谷署の捜査本部へ任意同行するように、という命令が下された。被疑者ではなく、あくまでも参考人として、という意味が命令には含まれていた。

2

メディアの動きが激しくなっている、という報告が捜査本部の藤堂係長を通じ、前線本部の遠野麻衣子のもとに入ったのは、福沢美津子の身柄確保とほぼ同時刻、午後三時半前後だった。

報告によれば、警視庁記者クラブ、警視庁ニュース記者会に所属するすべての新聞社、テレビ局、ネットニュースの記者たちが現場である目黒区の喫茶店アリサ周辺に集まり始めているという。

犯人が人質を取っていること、また銃器を持っていることから、刺激してはならないという警視庁広報課の要請に応じ、今のところメディアは事態を静観している。

麻衣子は一年前まで広報課で働いていたので、時としてメディアが常軌を逸した取材活動に出ることを知っていた。

麻衣子たちのいる前線本部は、喫茶店アリサと道を一本隔てた向かいの雑居ビルにある。その窓から外を眺めるだけでも、状況はすぐにわかった。

規制線の外とはいえ、店を取り巻く形でテレビカメラ、そして記者たちの群れがそこにいた。二十社近くは来ているだろう。

ひどいもんです、と外に出ていた戸井田が戻ってくるなり言った。

「百人は超えているんじゃないですか？　すごい数です」

現在の位置から絶対に動かさないように、と麻衣子は言った。警視庁が取材陣を現場からシャットアウトしたのは、福沢が何をするかわからないためだ。

ただ、予想はついていた。警視庁が恐れているのは、福沢がテレビなどメディアを通じ、一般の視聴者に何らかの意思表示をすることだった。それは娘が殺害された事件に関することだろう。

犯人の少年の名前を口にする可能性もある。その場合、少年法で護(まも)られている小幡聖次はたちどころに脅威に晒される。少年法そのもののあり方を根底から崩しかねない事態を生むかもしれない。

「テレビカメラは何台来てますか？」

麻衣子の問いに、確認できたのは十台ほどです、と戸井田が答えた。

まだ待てます、と麻衣子は言った。

「時間はあります。要求ぎりぎりのタイミングまで待ち、マスコミが入る前に事件を解決します」

目の前のスマホを見つめたが、電話が鳴る気配はなかった。

3

福沢美津子に夫の基之を説得させてはどうか、という意見が捜査本部の中から上がっていた。

美津子も娘を殺害された被害者だ。福沢の妻という立場で説得すれば、すみやかに投降するのではないか、と考える捜査官は少なくなかった。

捜査本部の指揮を執っていた藤堂はこの意見を検討し、福沢美津子への説得を白田と本庁の寒川（さむかわ）警部補に命じた。二人は福沢美津子に対し、投降を夫に呼びかけてほしいと要請した。

自信がない様子の美津子に、二人が言葉を尽くして説得して同意を得た時、取調室の内線電話が鳴った。電話に出た寒川が、しばらく話してから受話器を置いた時、その表情に不快感が露わになっていた。

「ちょっと来てくれ」

寒川が白田を取調室の外に連れ出した。何かあったのかと尋ねた白田に、すべて白紙だ、と寒川が言った。

「白紙？」

「前線本部の交渉人から連絡があったそうだ。交渉は交渉人が担当する、家族を出してはならないと言っている」

「なぜ?」

「わからん。だが、命令が出た。奥さんを前に出すなと……」

「どうする?」

白田が取調室のドアに目をやった。わからん、ともう一度寒川がつぶやいた。

4

捜査本部が白田、寒川両名に対し、福沢美津子への説得を命じたとわかったのは、藤堂の命令が出た直後だった。すぐに麻衣子は藤堂に電話を入れた。

「捜査本部は福沢美津子を使って犯人の説得にあたろうとしているそうですね」

『その通りだ』

今すぐ、止めてください、と麻衣子は声を上げた。

「犯人との交渉は交渉人のみが行います。マニュアルにもそうあります」

『わかっているが……今回のケースで福沢美津子を使うのは間違っていないだろう』

とまどったような藤堂の声に、間違っています、と麻衣子は断言した。

「犯人への説得に家族を使うのは、古い方法論です。家族を介入させれば、犯人を刺激し、感情的にさせるだけです。その結果がどうなるかは、言うまでもないでしょう。最悪の結果が待っているだけです」

『しかし、この事件は特殊なケースだ。籠城犯とその妻は共通の認識を抱いている。感情的になるとは思えない』

「共通の認識を抱いているからこそ危険です」理由は、と麻衣子は言葉を続けた。「お互いの感情が同じ目標に向かうことによって、福沢の行為がエスカレートしていくからです。今、福沢は孤立しています。胸の中は恐怖で一杯でしょう。仮にですが、あなたの気持ちはわかると妻が言えば、福沢は警察に対し、更に態度を硬化させるでしょう」

『遠野警部、福沢美津子にはこちらから指示を出す。君が危惧するような発言はあり得ない』

「それでも同じです。福沢美津子の言葉には感情が籠もっています。夫婦なら、それがストレートに伝わるでしょう。藤堂係長、わたしたちはぎりぎりのところで福沢の孤立化に成功しています。わざわざ救いの手を差し伸べる必要はありません」

しばらく沈黙が続き、了解した、と藤堂が言った。

『君の意見に同意する。それにしても……君は強硬だな』

「事実を述べているだけです。問題があると判断するなら、現場から外してください」

わかった、という声と共に通話が切れた。怯(おび)えた目で戸井田が自分の横顔を見つめていることに、麻衣子は気づいた。

5

福沢から麻衣子のもとに電話が入ったのは、それから約三十分後だった。

ドロップフォンでの盗聴機能でも中の様子が窺えない中、テレビカメラを入れてください、と単刀直入に福沢が言った。調整中です、と麻衣子は答えた。

「福沢さん、わたしたちはあなたの要求実現の可能性を探っていますが、テレビ局にもそれぞれの思惑があります。積極的に現場に入ることを良しとする局は一社のみ、他は反対しています。理由はおわかりですね?」

『銃……ですか?』

あなたが銃を所持している限り、と麻衣子はうなずいた。

「偶発的な事故が起きる可能性がないとは言い切れません。社員を危険な場所へ派遣することができない、それがテレビ局の立場です」

『危険はありません。撃ったりしませんから……』

「わたしはあなたを信じています。ですが、この状況においては、いつアクシデントが起きてもおかしくありません。福沢さん、銃を渡してください。そうすれば、カメラを入れるとテレビ局は言うはずです」

沈黙が流れた。それが福沢の答えだった。

「では、福沢さんの要求を教えてください。あなたはテレビカメラに直接何かを訴えようとしていますね？　ですが、今の段階では難しいでしょう。わたしたち警察を通して、マスコミにあなたの要求を伝えてみてはどうです？」

遠野さん、と福沢が小さな声で言った。

『それもひとつの選択肢かもしれません。ですが、わたしはあなたのことを知らない。あなたを信じきることができません。わたしの要求が、そのままマスコミに伝わるかどうか、その保証がないじゃないですか』

「一言一句そのまま、マスコミに伝えることを約束します。わたしたちが他の情報を付け加えることはありません」

『約束そのものが信じられないと言ってるんです』

「わたしが信用できないと？」

『……そうなります』

いきなり麻衣子は通話を切った。戸井田が立ち上がった。

「遠野警部！　なぜ電話を切ったんですか？」

同じことを福沢も考えてるでしょう、と麻衣子はスマホを見つめた。

「今、わたしたちと彼の間に必要なのは信頼感です。信頼感のない人間と交渉はできません」

「しかし、いきなり電話を切るのは……」

福沢は必ずもう一度電話をかけてきます、と麻衣子は時計を見た。

「おそらくは数分後に。福沢には世間に対して伝えたいことがあります。そうである以上、電話をかけてくるしかないんです」

「そうかもしれませんが、あんな乱暴な切り方をしなくても……」

必要でした、と麻衣子は髪を掻き上げた。

「交渉の主導権を握っているのはわたしたち警察です。それを明確に示すためには、電話を切るという手段に出るしかありません」

納得していないのか、戸井田が無言で目を伏せた。

大丈夫です、と麻衣子は言った。

「福沢は必ずもう一度電話をかけてきます」

「保証はあるんですか？」

麻衣子は時計を見た。通話を切ってから、三分が経過している。

「こちらからかけてみてはどうです？」

「戸井田さん、これは一種の我慢比べです。電話をかけた方が負けになります。主導権が福沢にあると認めるわけにはいきません」

「藤堂係長から連絡が入りました」通信担当の刑事が二人の間に割って入った。「なぜ電話を切ったのか、説明を求めています」

後で説明します、と麻衣子は答えた。時計の秒針が動き続けている。二分後、スマホが鳴った。

6

『福沢です』

「遠野です」

それだけ答えて、麻衣子は相手の出方を待った。優れた交渉人は、沈黙に耐えることができる。

『……なぜ、電話を切ったんです?』

福沢が言った。信頼の問題です、と麻衣子は答えた。

「福沢さん、あなたは人質を取り、店に立てこもっている。この状況を解決する必要があるのは、誰よりもあなた自身がわかっているはずです」

『……それは……その通りです』

「そのためには、わたしとあなたとの間に信頼関係が結ばれなければなりません。ですが、あなたはわたしを信用できないと言った。電話を切った理由はそれです。信頼のない二人がいくら話し合っても、何も解決しません」

『信じないとは言ってません。信じきれないと言ったんです』

「福沢さん、わたしはあなたを全面的に信じています。そして、あなたにもそうあってほしいと願っています。わたしを信じてください。他に事件を解決する方法はありません」

『……信じたいと思います』

ほとんど聞き取れないほど低い声で福沢が言った。わかりました、と麻衣子は答えた。

「信頼してください。あなたを裏切ったりはしません。わたしはあなたの味方です」

『では……テレビ局と話して、カメラを店の駐車場に入れてください。わたしはあなたを信じます。あなたもわたしを信じてください。カメラマンを撃つようなことはしません。約束します』

「もう一度テレビ局と話し、彼らを説得します。ですが、そのためには確認しなければならないことがあります。あなたはテレビカメラを通じて、何を言うつもりですか？」

『何もありません』

「何も？」

『わたしは今の状況を正確に世間の人たちに知ってもらいたい。テレビカメラを要求しているのは、そのためです』

「何か訴えたいわけではないと？」

『今のところは』

「それでは困ります」麻衣子は声をわずかに高くした。「福沢さんが何を世間に訴えたいのか、事前に知っておく必要があります。その内容によって、対処の方法が変わってくるからです。何を言うつもりか、教えてください」

『それは……』

「お嬢さんの件ですか？」

くぐもった福沢の重い声が漏れた。事実を認めた声だった。

「お嬢さんが殺害された事件の資料を警察は確認しています。大変痛ましい事件で、福沢さんに対し同情の念もあります。ですが、人質を取り、店に籠城するのは、許される行為とは言えません」

『では、どうしろというんですか！』

福沢が叫んだ。そこから出てくるべきです、と冷静な声で麻衣子は言った。

「既に福沢さんはマスコミを集めることに成功しました。投降してから、訴えたいことを伝えればいいのでは？」

『誰も……わたしの言うことを聞いてくれませんよ』

「そんなことはありません。これだけの事件を引き起こした以上、あなたはマスコミの注目の的です。福沢さんの発言そのものに、誰もが注目していると言ってもいいでしょう。福沢さんの話を聞きたいと、誰もが思っています。誰も傷つけないままそこから出てくれれば、誰もが福沢さんの言葉に耳を傾けるでしょう。目的はそれですよね？　今がそのチャンスです」

『聞いてくれるだけでは、意味がありません』

「どういうことですか?」

『とにかく、テレビカメラを入れてください。お願いします。そうすれば人質の解放を考えます』

麻衣子は小さく息を吐いた。ここまで粘ってきたのは、人質の解放という言葉を福沢の口から引き出すためだった。

「テレビカメラを入れれば、人質を解放する?」

『そのつもりです』

「わかりました。ただし、カメラマンの安全が確実に保証されない限り、要求は通りません。何度でも言いますが、そのために銃を渡してください」

『……考えます。考えさせてください』

「今からテレビ局と話します。時間をください」

かすかなため息が聞こえ、しばらくしてから、わかりました、と福沢が言った。

『なるべく早く……結論を出してください。お願いします』

福沢が通話を切った。本部に連絡を、と麻衣子は言った。

7

マスコミ各社、特に全テレビ局に対して、警視庁から取材規制が入っていた。具体的には、黄色い立入禁止のテープより外からの取材しか認めないというものだ。

だが、麻衣子の粘り強い交渉により、局面はわずかながら変わっていた。特に、テレビカメラを入れれば人質を解放すると言質を取ったのは、警察側にとって大きかった。

捜査本部内でも意見交換が行われたが、人質が解放されるのであれば、テレビカメラを入れてもいいのではないか、という意見が大勢を占めていた。

ただし、現時点では困難だ、と捜査本部は考えていた。福沢基之がテレビを通じて、何を訴えたいのかが不明なためだ。そこが明確にならない限り、テレビカメラを現場に入れることはできない。

福沢と警察は、電話という細い線でつながっている。その細い線の一端を福沢が、もう片方は麻衣子が握っている。まだ交渉の余地があるのは、前線本部にいる麻衣子の報告でもはっきりしていた。

藤堂は麻衣子に対し、福沢の真意を探るよう命じた。麻衣子としてもそのつもりだった。

ただし福沢の真意を探るためには時間がかかる。長くなると、不測の事態を招きかねない。

警察の側には焦りがある。事態は楽観視できなかった。

8

なぜでしょう、と戸井田が尋ねた。

「なぜ、福沢はテレビにこだわっているんですか？」

福沢がテレビを通して何かを訴えようとしているのは戸井田もわかっている。それは間違いなく自分の娘が殺害された事件に関することだ。そこまでは誰でも想像がつく。

だが、何を世間に訴えたいのか、それはわからないままだった。

「真犯人が別にいるとか？」

まさか、と麻衣子は苦笑した。小幡聖次が犯人なのは、家庭裁判所の少年審判でも結論が出ている。物的証拠も挙がっていた。

「では、何を？」

「少年法について、訴えたいことがあるのだと思います」

そうですか、と戸井田がうなずいた。他にも可能性は考えられますが、と麻衣子は言った。

「少年法とそのあり方について、世間に訴えようとしていると考えるしかないようです」

少年法とは一九四八年七月十五日に成立した第一六八号の法律だ。定義される少年とは二十歳に満たない者をいい、逆に成人とは満二十歳以上の者を指す。

成人が罪を犯した場合、刑事処分が下されるが、少年法の適用範囲内の年齢にある犯人に対しては、原則として家庭裁判所により保護更生のための処置を下すことを規定している。それが少年法の特徴だ。

ただし、家庭裁判所の判断によっては、検察に逆送し、刑事裁判にかけられるが、その場合も量刑の緩和など、さまざまな配慮を規定している。

もうひとつ、実名報道の制限がある。少年法第六十一条において、少年事件の犯人について、本人と特定できる情報を報道することが禁じられている。少年法第六十一条には以下のように記載されている。

〈第六十一条……家庭裁判所の審判に付された少年又は少年のとき犯した罪により公訴を提起された者については、氏名、年齢、職業、住居、容ぼう等によりその者が当該事件の本人であることを推知することができるような記事又は写真を新聞紙その他の出版物に掲載してはならない〉

少年法はあくまでも罪を犯した少年の保護及び更生のための法律だ。ただし、近年少年犯罪の凶悪化及び低年齢化が目立つ中、二〇〇七年、少年院送致の対象年齢をそれまでの十四歳以上から〝おおむね十二歳以上〟に引き下げる少年法等の一部を改正する法律案が国会において可決成立した。

さらに、実名報道については基本的に過去と同様の措置が取られているものの、二〇二二年の改正で、十八歳、十九歳については可能になっていた。

「少年法と実名報道の制限について、福沢は世間に訴えるつもりです」

「小幡聖次の名前を公表するべきだと？」

「それもあるでしょう。また、少年審判時の精神鑑定によって、少年院に収容された小幡が約三年で出院してきたことに不満もあるのでは？」

近年の日本では、少年犯罪に対して厳罰化の傾向が強くなっている。少年による犯罪の凶悪性が高まり、また被害者とその家族の心情を重視する論調が高くなっているためだ。

このような現実を背景に、現行の少年法は抑止力にならないという声が上がり、それが厳罰化へとつながっている。

テレビ、新聞、雑誌等いわゆるマスメディアは、報道についてコンプライアンスがあるが、インターネット、ＳＮＳでは厳罰化を飛び越え、犯人が少年であっても実名や顔写真を晒すなど、トラブルも多い。

時には、まったく無関係の人間が中傷されることもある。急速に進んだネット社会の弊害と言ってもいい。

「ですが、十七歳以下の犯人の実名公表は今でも禁止されています」

「それを認めろと？」

戸井田の問いに、わかりません、と麻衣子は言った。

「福沢が問題提起のために今回の事件を引き起こしたのか、それとも自分の娘のことだけが理由で行動に出たのか、今の段階で断定はできません」

「警部はどちらだと？」

「常識的に考えれば、後者でしょう」

自分の娘を殺されたから人質を取って建物内に立てこもっている。そう考えるのが普通だ。

「もしそうだとすれば……」

「最悪の事態を想定しておく必要があります」

そうですね、と戸井田がうなずいた。とにかく、と麻衣子はスマホを見つめた。

「福沢と話す必要があります。真意を探らないと、次の手が打てません」

本部に伝えます、と戸井田が言った。

9

捜査本部の了解はすぐに出た。麻衣子はスピーカーモードにして電話をかけた。呼び出し音が二回鳴り終わらないうちに相手が出た。

「遠野です」

『福沢です』

静かな声だった。しばらく沈黙してから、麻衣子は口を開いた。

「人質は無事でしょうか?」

『……はい』

「福沢さん、わたしたち警察には、人質の安全を確認する義務があります」

『わかります』

「人質に対し、肉体的、精神的な損傷を与えてはいませんね?」

『はい』

「人質の安全はあなたにとって重要な問題であることをよくお考えください。人質に何らかの危険が及ぶと考えられた場合、警察は彼らを守るために動かざるを得なくなります」

『わかっています』

「時間はまだ十分にあります。事態を解決するために話し合いましょう」

『……あの』福沢が口ごもりながら言った。『遠野さん……』

「何か?」

『わたしはあなたに頼み続けてきた。テレビカメラを店の駐車場に入れてくれるようにと。あれからどれだけ時間が経ったと? それなのに、事態は変わらない。マスコミが動く気配もない』

ふてくされたような口調だった。待ってください、と麻衣子は言った。

「福沢さん、わたしはあなたを信じています。あなたは客を人質にして、店内に立てこもっていますが、本来はそんな乱暴な行為をする人ではありません。そうでしょう?」

『……それは……その通りです』

「何らかの理由があって、やむを得ず行動を起こした。違いますか?」

『わたしは……わたしだって、こんなことはしたくなかった』吐き捨てるように福沢が言った。『どうしようもなかったんです。他に手段は残されていなかった。わかりますか?』

「わかるつもりです」

『誰もわたしの言葉に耳を貸してくれない。誰もです。仕方なかったんだ』

「わたしは違います」麻衣子は落ち着いた声で言った。「わたしでよければ、何でも話してください。あなたがしていることは犯罪行為です。それについて議論の余地はありません。ですが、事態は改善できます。もし、あなたがわたしを信じてくれるなら」

『……信じていますよ』

「事態を解決するためには、わたしたちが本当の意味で信じ合わなければなりません。あなたも早くこの状況を打破したいと考えていると。そうですね?」

『早く……終わらせたいです』

「あなたは善良な市民の一人だと信じています。今回の事件を起こしたのは、深い理由があってのことでしょう。なぜこんなことをしているのか、話してもらえませんか」

今まで、麻衣子はこれほど多弁になったことはない。交渉人の役割は犯人の話を聞くことだ。

犯人に話をさせ、信頼関係を構築できれば、あとは交渉の必要すらない。信頼を得られれば、犯人は自ら投降する。

ただ、福沢の焦りを利用しない手はない。だからこそ、畳み掛けるように多弁になっていた。

「あなたの動機がわかれば、各テレビ局に対して説得が可能になります。あなたの要請に対し、カメラマンの安全を保証してほしい、と各テレビ局は回答しています。そのためにも、すべてを話してください」

『遠野さん……』

逡巡(しゅんじゅん)するような福沢の声がした。

『……今は……無理です』

そのまま通話が切れた。麻衣子は唇を噛みしめた。

10

福沢がテレビカメラを通じて何を訴えるかは、前線本部の遠野麻衣子からの報告を待つまでもなく、捜査本部も見当をつけていた。娘が殺害された事件が籠城の動機だろう。

過去の例から言えば、籠城事件の九十パーセント以上が、犯人の投降という形で終わる。今回のケースにおいて、犯人は人質を取り建物に監禁している。加えて、所持していた銃で警察官を撃ち、負傷させていた。

当然、逮捕後には裁判になる。その裁判の場で、福沢は籠城の動機を語るだろう。

少年法により、報道で伏せられる部分はあるだろうが、福沢はマスメディアを通じて事件の動機を世間に広められる。法律上は禁止されているが、傍聴していた人物が、SNSで流してしまう可能性もあるだろう。少年法の矛盾を語るのがその目的と考えられたが、籠城事件を起こした段階で、福沢は半ばその目的を達成したと言っていい。

安全が確実に保証されるなら、事件の早期解決のためにテレビカメラを入れるのもひとつの方法ではないか、という意見が出始めていた。

もちろん、反対意見もあった。籠城犯のメッセージをそのままテレビの電波に乗せるなどもってのほかだ、という意見は常識に沿ったものだった。

ただし、後者の場合、事件は長期化するだろう。現段階では前線本部と犯人との間にコミュニケーションが成立しているが、犯人が拒否するかもしれない。

その際、不測の事態が生じるおそれがあった。犯人が人質を殺傷する、あるいは犯人が自殺してもおかしくない。

いずれも警察にとって大失態になる。早い段階で事件を解決に導かなくてはならなかった。

そのためには犯人の要求を可能な範囲内でかなえる必要がある。議論が分かれていたのはそのためだった。

　捜査の常道を踏み、時間をかけて犯人を説得し、自首させるか。それとも、奇手ではあるが犯人の要求をかなえて、早期解決をめざすか。警視庁としても判断に迷いがあった。

11

　電話に出ていた戸井田が受話器を置いた。

「福沢の妻、美津子がこちらへ来ます。到着予定時刻は今から五分後」

　ちょうどよかった、と麻衣子はうなずいた。

「福沢の近親者の話が聞きたいと思っていました」

　しばらく待つうちに、女を連れた私服の刑事が入ってきた。本庁勤務の白田警部補だ。

　遠野警部、と白田が敬礼した。

「籠城犯、福沢基之の妻、美津子さんです」

　女が深く頭を下げた。疲れ切った中年女、というのが麻衣子の第一印象だった。

　話を聞かせてください、と麻衣子は言った。

「警視庁の遠野です。基之さんとは何度か電話で話しました」

「申し訳ございません。こんな騒ぎを引き起こして、迷惑をおかけします」

女が頭を更に深く下げた。麻衣子はその肩に手をかけた。

「顔を上げてください」

はい、とうなずいた女が麻衣子に向き直った。まだ四十前だが、極度に疲れた表情をしているのは、警視庁での事情聴取が長くかかったためだろう。

「基之さんのことでお伺いしたいことがあります。ご協力ください」

「はい」

「基之さんの性格ですが、どのような方でしょう?」

「夫は優しい人です。あの事件があってから、四年ほどが経ちますが、わたしにとっては優しい人でした」

「このような事件を起こす兆候はありましたか?」

「わかりません。わたしには何も……」

女がうつむいた。美津子さん、と麻衣子は言った。

「よく考えてください。何かありませんか?」

「思い当たるようなことは何も……」

「基之さんが何をするつもりだったのか、知らなかったんですね?」

「何か考えているのは、気づいていました。夫婦ですから……でも、何をするつもりだったのかはわかりませんでした」

「警察はお嬢さんの事件が本件に関係あると考えています。どう思いますか?」

あると思います、と小さな声がした。うつむいているためか、どこか返事がうつろだった。

「夫は……ごく普通の、どこにでもいるような人です。いきなり店に立てこもるなんて、わたしには考えられません。娘の事件と関係があるとしか……」

「今回の件について、相談を受けたり、話し合ったりしたことは？」

「ありません」

「本当ですか？」

「あったとしても……止めなかったでしょう。でも、夫は今回の事件に、わたしを巻き込みたくなかったのだと思います」

「この事件の目的は何だと思いますか」

「わかりません」

女が首を振った。

「わからないわけがないでしょう」麻衣子は低い声で言った。「あなたは娘さんの事件と何か関係があるとおっしゃっています。それなのに、目的が何なのか、わからないとは思えません」

「その通りですが、目的までは……」

「憶測でも結構です。何のために基之さんはこんなことをしていると思いますか？」

「……娘の事件について、警察は知ってますよね？　わたしたち夫婦にとって、あれは悪夢のような出来事でした。ですが、犯人にその罪に見合うだけの罰が与えられたとはとても思えません。犯人を死刑にするべきです。そうは思いませんか？　あの人はそれを訴えたいのだと思います」

麻衣子はわずかに身を前に傾けた。

「安易にこんな言葉を使ってはならないとわかっていますが、それでもあえて申し上げます。お気持ちは十分に察しています。お嬢さんの身に起きた事件について、わたしたちは心から同情しています。それでも、基之さんがしているのは犯罪行為です。許されることではありません」

女の首が小さく前に垂れた。ご協力をお願いします、と麻衣子は言った。

「あの人を救ってください」女が泣き顔になった。「夫を……助けてください」

「それがわたしたちに与えられた任務です」

今後は、と尋ねた麻衣子に、捜査本部に戻ります、と白田警部補が答えた。

「美津子さんの身柄を警視庁が押さえたと知れば、マスコミの連中が大騒ぎするでしょう。極秘で移動します」

美津子さんも、と麻衣子は言った。

「ご協力に感謝します。よく話してくれましたね」

一礼した白田が女を連れて出ていった。遠野警部、と戸井田が顔を向けた。

「交渉の参考になりましたか？」

「福沢の妻と話したことが、今後の交渉でアドバンテージになるでしょう」

少なくとも、マイナスにはならないはずです、と麻衣子はうなずいた。

12

警視庁上層部が懸念していたのは時間だった。籠城事件では、犯人の説得、投降に時間が必要となる。

独立した建物で食料など籠城に必要な物資が十分に用意されていれば、理論的には何日でも立てこもることができる。

警視庁もそれに対する備えは十分に取っていた。現在、バックアップも含めて二百人態勢で警察官の動員が進められているが、必要と見なされればその倍以上、五百人までの増員が可能になっていた。

籠城犯の福沢基之は一人だけだ。数的には、最大で一対五百の戦いになる。人的な不安はなかった。

福沢は落ち着いている。交渉人への応対も冷静であり、取り乱したりすることもなかった。ただし、福沢がその状態を保っていられるか、そこはわからない。時間が経てば、精神状態が悪化していくかもしれない。

テレビカメラを現場に入れてほしい、と福沢は繰り返している。テレビ局は警察の指示に従い、カメラマンの安全が保証されない限り、犯人の要請は受け入れられないとしている。

だが、福沢にとって、フラストレーションが溜まる状態だろう。抑圧する力が大きくなれば、反発力も強くなる。

長引けば、いずれフラストレーションが爆発する。それがどこへ向くのかはわからない。警察に対してか、人質に対してか、それとも自分自身に対してか。

日が暮れるまで、あと一時間ほどだ。その間は、説得を続ける、と捜査本部は決めていた。

だが、日没後も同じというわけにはいかない。ある程度以上の時間が経過してしまえば、破局が訪れる確率が高くなる。今回のケースで言えば、破局とは犯人が人質を殺す事態を指す。

そのような事態は絶対に避けなければならない。必要と判断されれば、即座にSATを現場に投入する、それが捜査本部の方針だ。ただし、いつになるのかは、誰にもわかっていなかった。

13

呼び出し音が三度鳴ったところで、福沢が電話に出た。麻衣子は安堵のため息をついた。

　福沢さん、と呼びかけた。今、自分たちは電話という見えない糸でつながっている。その糸を切ってはならない。

「遠野です。必要なものはありませんか？」

『……必要なもの？』

「食料とか水、何か必要なものがあったら、おっしゃってください。わたしたちが届けます」

『食料も飲み物も何でもあります。遠野さん、ここは喫茶店でわたしはそこの店主ですよ。必要なものはすべて揃っています』

「ああ、そうでしたね。では、何か気を紛らわせるようなものは？　例えばゲーム機とか」

　軽い調子で麻衣子は言った。犯人とコミュニケーションを取る際、交渉人は深刻な口調で話すのを避ける。

　麻衣子は福沢基之と直接顔を合わせたことがない。それでも、旧知の人物と接するように話さなければならない。交渉人とはそういう仕事だ。

『遠野さん、わたしは遊びでこんなことをしているわけではありません。ゲーム機なんかいりませんよ』

「すみません。わたしの悪い癖で、すぐつまらない冗談を言ってしまうんです」

『わたしが何を必要としているか、あなたはもう知っているはずだ』

テレビカメラです、といらだったような声で福沢が叫んだ。

『何時間経っていると思ってるんです？　わたしが要求しているのはテレビ局のカメラです』

「今の段階でテレビカメラを現場に入れることはできません。テレビ局員の安全が保証できないからです」

交渉人は何度でも同じことを繰り返し説明しなければならない時がある。犯人の要求はできる限り受け入れるが、あまりに理不尽な要求は受け入れられないこともある。だが、はっきりノーと告げれば、犯人が自暴自棄になるだけだ。それを避けるためには、同じことを何度でも説明しなければならなかった。

どこまでも粘り強く、犯人に対応する。適性があり、訓練を受けた交渉人ならそれができた。

安全は保証します、と福沢がまた叫んだ。

「わかっています。調べましたが、あなたは一流の大学を卒業して、就職し、仕事熱心で、ご近所の評判もいい。テレビ局の人間を無差別に撃つとは考えられません」

『だったら、なぜ要求を聞いてくれないんです？』

「福沢さん、世の中には偶発的な事故があります。自動車事故もそうです。事故を起こしたい者はいませんが、それでも事故は起きてしまう。それと同じで、あなたが銃を持っている限り、何かの間違いで事故が起きる可能性は否定できません」

『では……どうしたらいいと？』

「くどいようですが、銃を渡してください。銃を撃たない、とあなたは言っている。それなら、銃を持っている必要はないはずです。大きな障害となっている銃を引き渡せば、話し合いはスムーズに進むでしょう。人質を無事に救い出すためなら、譲歩するつもりです。でも、あなたは自分の要求だけを押し通そうとする。それでは話が進みません」

『テレビカメラを入れてもらえないんですか？』

「あなたが銃を持っている限りは」

突然、喫茶店アリサのドアが開いた。そこに立っていたのは銃を構えた男だった。左手にドロップフォンを握りしめている。

男が右手を高く上げ、銃口を空に向かって突き上げ、引き金を引いた。乾いた音が鳴った。すぐに男が店内に戻った。

『遠野さん』荒い息を吐く音がした。『見ましたね？　わたしは今、銃を撃ちました。誰を狙ったわけでもありません。あくまでも脅しです』

「はい」

『ですが、次はわかりませんよ。一時間以内にテレビカメラが駐車場に入らなければ、わたしは店の中で銃を撃ちます。人質の誰かに向かって、引き金を引くかもしれません』

「福沢さん、そんな見え透いた脅しには乗りません。あなたには撃てません」

『あなたはわたしのことを何ひとつわかっていない』

いきなり通話が切れた。本部から電話が入っています、と戸井田が言った。

「至急です」

わかりました、と麻衣子は体を起こした。

14

犯人が発砲したという知らせは、即時捜査本部にも届いた。正確な情報を、と藤堂は何度も念を押した。この種の事件の場合、情報が錯綜(さくそう)するのはよくあることだ。

捜査本部は常に正確な情報を入手、分析しなければならない。本当に犯人は発砲したのか、したとすれば何のためだったのかを知る必要がある。すぐに藤堂は前線本部に電話を入れた。

『遠野です』

「犯人が発砲したと聞いた。詳しい事情が知りたい」

福沢が発砲したのは事実です、と麻衣子が答えた。

『ただし、それは脅しのためです。人質を狙って撃ったわけではありません』

「脅しとは?」

『テレビカメラを現場に入れろ、と福沢は再三にわたり要求しています。ですが、それにはクリアしなければならない条件があります』

「わかっている。君たちの会話は聞いていた。負傷者は？」

『いません。今の発砲はあくまでも脅しだが、一時間以内にテレビカメラが来なければ、店内で銃を撃つと言っています』

藤堂は時計を見た。

「今、六時過ぎだ。七時までにテレビカメラを入れろと？」

『そうです』

「遠野警部、どう思う？　本当に福沢は人質を撃つ気か？」

『人質を撃つような強行手段に出るとは思えません。ただし福沢が心理的に追い詰められているのも確かです。このまま膠着(こうちゃく)状態が続けば、アクシデントが起きないとは言い切れません』

「つまり、福沢が人質を撃つかもしれないと？」

藤堂は額の汗を拭った。あくまでも可能性の話です、と麻衣子が言った。

『ですが、テレビカメラを入れるためなら何をするかわかりません。危険な状態だと思います』

「遠野警部、君はテレビカメラを入れるべきだと思うか？」

『人質の安全を最優先するのであれば、そうせざるを得ません』

「人質の救出は絶対だが、カメラマンの安全が保証されないと、カメラを入れるわけにはいかない」

『では、どうすれば？』

「一時間以内に、何としても福沢の手から銃器を取り上げる必要がある。銃をこちらに渡せばテレビカメラを入れる、という条件で交渉しろ」

『……了解しました』

頼んだぞ、と藤堂は通話を切った。背中を冷たい汗が伝っていた。

15

午後六時十分、麻衣子は福沢に電話を入れた。目的は福沢が所持している銃を警察に引き渡すための交渉だ。

その条件さえクリアされるなら、テレビカメラを現場に入れることも含め、すべてを了承するつもりだった。

「福沢さん、遠野です。結論から言いますが、テレビ局側の了解が得られれば、あなたの要求を呑むことが決まりました。ただし、条件がひとつあります」

『……銃ですね？』

「警察には人質の命を守るのと同様に、テレビ局のカメラマンを守る義務があります。

あなたが銃を持っている限り、その義務を果たせません」

わたしたちは譲歩しています、と麻衣子は言った。

「あなたの要求に従い、テレビカメラを現場に入れることに同意しました。あなたも譲歩してください」

『少しだけ、考えさせてもらえませんか』

「時間がありません。このままでは、最悪のオプションを選ぶしかなくなります」

『強行突入ですか？』

「わたしは強行突入に反対です。わたしはあなたを信じています。ですが、長引かせたくない上層部の考えもわかります」

『銃を捨てろと？』

「決断してください。お願いします」

『三十分後、必ず答えを出します』

麻衣子は時計を見た。六時十五分。

六時半までに、と麻衣子は言った。

「それまでに、答えを出してください。いいですね？」

わかりましたとだけ言って、福沢が通話を切った。十五分後までに福沢は態度を決めると明言した。嘘ではないだろう。

「どう出るでしょう？」

戸井田が尋ねた。

「福沢は銃をこちらに引き渡します」

「確かですか？」

戸井田の問いに、麻衣子は答えなかった。

16

六時半ちょうどに、前線本部のスマホが鳴った。発信人は福沢だった。

「遠野です」

考えましたが、と福沢が疲れた声で言った。

『わたしにとって重要なのはテレビカメラを入れることです。その障害になると言うなら、銃を渡します』

「福沢さん、正しい判断です。あなたがテレビに向かって何を訴えたいのか、わたしたちも想像がついています。そのためにも、銃をこちらへ引き渡すべきです」

『人質二名を解放します。彼らに銃を持たせますが、構いませんね？』

「構いませんが、銃から弾を抜いたのを確認してください。何かの間違いがあっては、今までのわたしたちの努力が水の泡になります」

『そのつもりです。実は、もう弾は抜いてあるんです』

「結構です。では、二人を出してください」

『今から手錠を外します。いったん電話を切ります』

数分後、銃を抱えた男性一人、女性一人がアリサの正面入口から外へ出てきた。二人とも緊張した表情だった。

人質収容の手筈は決まっていた。その担当は捜査本部で、前線本部は関与しない。十人ほどの警察官が、店の駐車場側に待機していた。

二人の人質が歩を進めている。警察官が大きな声で指示を下した。

「やっと銃を引き渡しましたね」

戸井田が言った。そうしなくてはならなかったからです、と麻衣子は答えた。

「銃を渡してでも、福沢には世間に訴えたいことがあるんです」

「人質も五人から三人に減りました。これから……どうするつもりですか?」

「それは捜査本部が判断します。ただし、テレビカメラを現場に入れるという約束は守らなければなりません。銃こそ渡したものの、福沢はナイフを持っています。もしカメラが現場に入らなければ、残った人質三人の命の保証はできません」

ですが、と戸井田が口を開いた。

「今なら強行突入によるリスクは低いのでは?」

「その判断は、わたしたちの仕事ではありません」

現場への強行突入を考慮した上で、警視庁SAT隊員が訓練を続けている。だが、強行突入の判断は、捜査本部の指揮官である藤堂が下す。

福沢に理由を与えてはなりません、と麻衣子は言った。

「カメラを入れなければ、約束が違うという理由で、人質を殺しかねません。まずカメラを入れ、その後も交渉を続け、福沢を投降させるのか、それともSATを現場に突入させるのか。それは捜査本部が判断します。わたしたちは指示に従うしかありません」

麻衣子はまっすぐ視線を上げた。見ているのは喫茶店アリサだった。

17

解放された人質はすぐに警察によって収容された。男性一人、女性一人が医師の診察を受けたが、外傷はなかった。その後、二人は捜査本部で事情聴取を受けた。

男性の人質は不動産会社の営業マン、田端徳久、そして女性の人質は目黒区に住む主婦、坂田則子(さかたのりこ)と確認された。田端と坂田との間に、関係性はなかった。

銀座の画廊に勤めている富樫則行から、目黒区内への転居を考えていると相談を受け、物件を紹介するため、田端はアリサで待ち合わせをしていた。

不動産物件を見て回るには早い時間だが、画廊に昼から出勤する富樫と午前中だけでも物件を回る、と田端は考えていた。

坂田則子はアリサの常連客だった。彼女は専業主婦で、買い物に行く前、アリサに立ち寄ってからスーパーマーケットに向かう習慣があった。

　事情聴取の担当者は土井警部補だった。残された人質のうち二人は男性、一人は女性だと、田端と坂田は言った。

　男性の一人は富樫則行だが、残りの男女二人は名前も不明だ。現場駐車場に停まっていた車の所有者が特定されていたが、いずれも事件とは無関係だった。福沢が最初に人質に取ったのは女性客で、それは田端も坂田も見ていた。

　福沢の精神状態を確認するため、土井が質問すると、予想より冷静なのがわかった。

　わたしたちも怖かったですよ、と田端が言った。

「あの人は銃を持っていましたし、警察の人が撃たれたのも見ていましたからね。ただ、本人も言っていましたが、あれは明らかな誤射でした。銃を撃つつもりなどなかったと思います」

「福沢はいらだっていましたか？」

　土井の問いに、そう思います、と田端がうなずいた。

「でも、それは警察もわかっているのでは？　犯人はわたしたちと話そうとせず、ガムテープを口に貼って、人質同士が口を利くことも禁じていました。犯人が電話で話していた相手は警察ですよね？　声を聞くだけで、話し合いがうまく進んでいなくて、いらいらしているのがわかりました。ただ、わたしたち人質に乱暴な真似はしていません」

　犯人と話していない、と坂田も答えた。

「最初に女性を人質に取ると、犯人はわたしたちに手錠を渡し、それで手足をつなぐよう命じました。その後は何も話していないのと同じです。トイレの確認はされましたが……その時だけ、手錠を外され、用を済ませた後は、また手錠をかけられて元の位置に戻れと命じられただけです」

「何のためにこんなことをしているのか、説明はありませんでしたか？」

「ありません。黙って座っていれば、危害は加えないと言われました。ただ、一人でも逃げたら、他の全員を殺すと脅されていたので……」

「銃以外に凶器を持っていましたか？」

わかっていたことだが、確認のために土井は聞いた。ナイフを持っていました、と田端が答えた。

「サバイバルナイフだと思います。長さは二十センチぐらいでしょうか。他にも何本か、キッチンに置いてあるのを見ました」

この時点で判明したのは、男性二人、女性一人、計三人の人質がいること、彼らが手錠で拘束されていること、そして福沢が殺傷能力のあるナイフを持っていることだった。

18

六時四十分、捜査本部の藤堂から前線本部の麻衣子のもとへ電話が入った。テレビカメラを現場に入れると伝えるためだった。

『入れざるを得ない』状況は極めて悪い、と藤堂が言った。『ただし、ただで入れるつもりはない』

「どういう意味ですか？」

『遠野警部、福沢への連絡を頼む。具体的には、テレビカメラが現場駐車場に入るまで、少なくとも三十分はかかると伝えてほしい』

「三十分？」

『そうだ。言いたいことはわかっている。そんな作業は五分で済む、そうだろう？』

「常識で考えればわかります」

『そこをうまく説得してほしい。例えばだが、カメラの準備など、テレビ局同士の話し合いがうまく進んでいないと理由をつけてはどうだ？　今、必要なのは時間だ』

「……SATを出動させるんですね？」

『隊員は現場に到着している。店裏手の通用口から中に踏み込む予定だ。ただし、その準備がまだ整ってない。時間稼ぎが必要だ』

福沢はサバイバルナイフを持っています、と麻衣子は言った。

「そして、人質は三人……危険ではありませんか？」

『人質に危害を加えずに犯人を制圧することが十分に可能だ、とSATは言ってる』

「絶対とは言えないでしょう。素直に福沢が投降するか、交渉人として疑問があります。

彼には明確な目的があり、それを妨害された場合、何をするかわかりません。もう少し早くなりませんか?」

『遠野警部、指揮権は捜査本部にある。これは命令だ』

「……了解しました」

『それでは細部の説明に移ろう。メモの用意を』

麻衣子はペンを取り出した。

19

捜査本部で指揮を執っている藤堂は、カメラの準備に三十分程度の時間がかかる、と麻衣子から福沢に伝えさせた。生中継なら、カメラマンがカメラを現場に持ち込むだけで撮影を開始できる。

だが、藤堂にそのつもりはなかった。生中継を始めれば、不測の事態に陥ることは間違いない。

藤堂が選んだのは、SAT隊員による強行突入だった。交渉によって、福沢は銃を持っていない。また、人質も三人に減っている。

残りの人質たちの位置も、解放された人質たちの証言でわかっていた。福沢を確保できる態勢は整っている。

唯一の問題は、どこからアリサ店内に突入するかだ。福沢が監視しているので、正面入口から突っ込むわけにはいかない。

店の裏手にある通用口を使うしかないが、頑丈な鍵がかけられている。合鍵は妻の美津子も持っていなかった。

まず、鍵を破壊しなければ店内に入れない。少なくとも三十分かかると福沢に伝えさせたのはそのためだった。

店舗改装を手掛けた設計事務所の担当者によれば、鍵はドイツ製の特殊なもので、ドアそのものを破壊する以外、突入はできない。ドアの上下左右四カ所に爆薬を仕掛け、ドアを大破させる、とＳＡＴから報告があった。

当然、大きな音が出る。何が起きたか、福沢もすぐ気づくだろう。

ドアを破壊し、店内に踏み込み、福沢の身柄を確保し、人質を安全に保護する。困難な任務だが、不可能ではない、とＳＡＴ隊長は判断していた。

攪乱（かくらん）のため、テレビカメラの据えつけに大きな音をたてるように、と藤堂は指示していた。また、三十分後にテレビカメラの準備を終えると福沢に通告したが、実際の突入はその十分前、七時ちょうどに行う。加えて、突入直前に遠野麻衣子から福沢に電話を入れることも決まった。

ひとつタイミングを誤れば、何が起きるかわからない。福沢はサバイバルナイフを所持している。三人の人質に危害が及ぶ可能性もあった。

六時四十分、日暮れが近づいていた。

20

六時四十五分、福沢から電話が入った。テレビカメラの準備はまだか、と言った福沢に、簡単ではありません、と麻衣子は答えた。

「日が暮れてきています。照明の問題もあります。あなたがナイフを持っているため、カメラマン用の防刃ベストを手配せざるを得ない事情もあるんです」

『わかりますが……』

福沢が低い声で言った。麻衣子は時間を確認した。六時四十七分。このまま話し続けるべきだろう。

聞いてください、とゆっくり麻衣子は話し出した。

「各テレビ局はそれぞれのカメラをベストポジションに置きたいと考えています。調整のための話し合いがあり、時間がかかります」

『どこから映したっていいでしょう』

「わたしもそう思いますが、警察はテレビ局に命令できません」

下らない、と福沢が吐き捨てた。

『どうしてそんな馬鹿なことに神経を使うんです？　もっと考えることがあると思いま

すよ』

「同感です」

『遠野さんはマスコミが嫌いなんですか？』

「本音を言えば彼らは時として常識を忘れます」

麻衣子はため息をついた。六時五十分になっていた。

十分後、ＳＡＴが強行突入する。それまで会話を引き延ばさなければならない。

「福沢さん、人質は無事でしょうね？」

『もちろんです。危害は加えていませんし、そのつもりもありません』

「肉体的な意味だけではなく、精神的な意味も含めてです。人質になっている三人には、強いストレスがかかっているでしょう。それについては考慮していますか？」

ストレスね、と福沢が薄く笑う声が聞こえた。

『遠野さん、こんなのはストレスのうちに入りませんよ。わたしが味わったストレスを考えたら、これぐらいのことは我慢してもらわないと困ります』

「お嬢さんのことですね？」

福沢は答えなかったが、麻衣子は話を続けた。

「あなたのストレスは、わたしたちの想像もつかないほど激しく、強いものだったでしょう。ですが、それは三人の人質にとっても同じです。彼らは理由もわからないまま、拘束されています。恐怖や不安は大きいでしょう」

『あなたは何もわかっていない』

　福沢が言った。その通りです、と麻衣子は答えた。

「わたしは何もわかっていません。ただ、わかろうと努力しているつもりです」

『いいでしょう。ところで……あなたはわたしを騙そうとしていませんか？』

「騙す？」

『この店には二つの出入口があります。正面入口と通用口ですが、しばらく前から通用口の方で音がしています。聞こえるんですよ、遠野さん』

　時計の針が六時五十五分を指した。

『これだけは言っておきましょう。遠野さん、警察が強引にこの店に突入しようとしても無駄です。通用口には二つの扉があります。二つめの扉は、わたし自身が溶接したもので、設計事務所もその存在を知りません」

　突入中止命令を、麻衣子はメモにペンで記し、戸井田に渡した。二人の会話は捜査本部も聞いている。

『遠野さん、もうやめましょう。わたしは通用口に監視カメラを設置しています。警察の動きがモニターに映っているんですよ』

「監視カメラ？」

『解放した人質たちは知りません。遠野さん、わたしも何も考えずにこんなことを始めたわけではありません。モニターはキッチンの奥にあるので、人質たちには見えないんです。警察の強行突入は予想していませんでした』

「確認します。わたしは知らされていませんでした」

交渉人は交渉相手に対して嘘をついてはならない。相互信頼によってのみ、交渉は成立する。

藤堂の命令で、やむを得ず麻衣子は福沢に嘘をついた。ただ、聞いていなかったとすれば、嘘をついていないことになる。

捜査本部の指示を受けた戸井田が、メモを麻衣子に渡した。突入中止、と書かれていた。

『テレビの準備も嘘ではないですか？　警察が用意しているのはダミーのカメラマンだとわたしは見ています。籠城犯からの生中継の要求など、受け入れられるはずがありませんからね。ですが、あなたたちはわたしの要求を受け入れざるを得なくなる。なぜなら、わたしにはまだ三人の人質がいる。彼らを生かすも殺すも、わたしの意思次第ですから』

「福沢さん、テレビカメラは本当の局員です。警察のなりすましではありません」

『早くカメラマンとテレビカメラを入れてください。リミットは一時間後の八時です。小細工をすれば、人質のうち一人が死ぬことになります』

「福沢さん！」

『警察に不審な動きがあれば、一人を殺します。そして、もうひとつ要求があります』

「もうひとつ?」

『小幡聖次を連れてきてください。奴が来なければ、もう一人殺します』

「待ってください。福沢さん、わたしにそんな権限はありません」

『その権限を持っている人はいますね? あなたがその人と交渉し、小幡聖次をここへ連れてくるんです。わかりましたか?』

「無理です」

『それでは誰かが死ぬだけです。わたしはどちらでも構いません。しっかり交渉してください。では、一時間後に』

唐突に通話が切れた。麻衣子は捜査本部に連絡を入れた。

三章　説得

1

それはできない、と藤堂の声が聞こえた。麻衣子は無言のままだった。

『人質の命を軽視するわけではないが、越えられない一線がある』

わかっています、と麻衣子は口を開いた。

「犯人からの要請を伝えたまでです。小幡聖次を現場に連れてくるのは、わたしも反対です。小幡が負傷、あるいは死亡すれば、それは、警察の責任です。これ以上福沢に罪を負わせるわけにはいきません」

福沢はナイフを所持している、と藤堂が吐き捨てた。

「店内への強行突入が可能としても、時間が必要だ。その間に人質を殺害されたら、警察の大失態になるぞ』

通用口のドアは一枚と想定し、SAT隊員は訓練を続けていた。だが、二枚目のドアによって状況は大きく変わっていた。

『遠野警部、本当に二枚目のドアがあると思うか?』

あるでしょう、と麻衣子は答えた。

「福沢の準備は周到で、強行突入に通用口を使うのも予想していたでしょう。そのための備えを施していたとしても不思議ではありません」

八方塞がりだな、と藤堂は自嘲するように笑った。

『となると、小幡聖次の件を検討しなければならなくなるが……』

いいえ、と麻衣子は首を振った。

「NHK、民放、ネットその他合わせて十台以上のテレビカメラが入ります。福沢が小幡に危害を加えなくても、カメラに映れば小幡聖次の人生は終わります」

我々は二者択一を迫られている、と藤堂が言った。

『小幡を現場へ連れてきて、全国ネットでその顔を曝け出すか、あるいは彼の人権を守るために残った三人の人質を見殺しにするか、君はどちらを選ぶ？』

「選べません。わたしは福沢との交渉を再開します。福沢の目的は小幡に危害を加えるか、その顔をテレビで晒すかのどちらかでしょう。まず、そこを探ります」

頼む、と藤堂が通話を切った。麻衣子は福沢との連絡用のスマホを取り上げた。

2

電話をかけると、すぐ福沢が出た。焦りが伝わってくるようだった。

『わたしの要求を受け入れるんでしょうね？』

「そのつもりです。上層部の了解も取りつけました。ですが、いくつかクリアしなければならない条件があります」

『条件?』

「まず、三人の人質の無事を確認させてください。顔を見るだけで構いません。正面入口のドアに一人ずつ連れてくるのは、難しくないと思います」

『その必要があるなら、そうしましょう』

「まだあります。小幡聖次を連れてくるには、一時間では足りません。少なくとも三時間は見てもらう必要があります」

『遠野さん、そんなはずはない。小幡聖次は都内のどこかにいるはずです。目黒まで、一時間程度で来れるはずだ』

「小幡聖次をこの現場へ強制的に連れてくることはできません。本人の同意が必要ですし、親が拒否する可能性もあります。説得には時間がかかります」

『ですが……』

「小幡はあなたを恐れています。リスクを冒してここへ来る理由はありません。わたしが彼なら、絶対に断るでしょう」

『遠野さんが説得してください』

「あなたならどうです?　説得に応じますか?」

返事はなかった。そうでしょう、と麻衣子は言った。

「誰も好んで危険な場所へは来ません」

『小幡は人殺しだ』福沢の声が高くなった。『人殺しにリスクも危険もない』

「人殺しでも、自分の命を守る権利はあります」

『遠野さん』途方にくれたような声で福沢が言った。『あなたはどちらの味方なんですか？　わたしですか、それとも小幡ですか？』

「もちろん、あなたの味方です。時間をください。もうひとつ、そこから出てください。もしわたしが小幡を説得し、彼がここへ来ても、警察のガードがつきます。手は出せません」

わかってます、と福沢が言った。そうでしょう、と麻衣子はうなずいた。

「あなたの狙いは小幡聖次の姿を全国に放送することですね？　その映像はネットを通じて拡散し、いつまでも残ります。デジタルタトゥーですが、数年経てば誰も見向きもしません。ネット社会は飽きやすいものです。あなたの気持ちはわかりますが、手段を誤ったのは認めるべきです。今からでもやり直せます。あなた自身のために、そこから出てください」

『あなたは……何もわかっていない』

唐突に通話が切れた。麻衣子は腕を組み、静かに目をつぶった。

3

三十分後、藤堂の要請で、テレビ各局が撮影用のテレビカメラを配置した。

小幡聖次が現場に来ることを承諾しない、と伝えた麻衣子に、午後十時までに小幡が来なければ、人質の一人をナイフで刺す、と福沢は宣言した。

膠着状態が続いたが、入院中の岡部警視は裁判等を通じ、福沢が一度も小幡の顔を見ていないため、小幡と同年輩の人間がダミーとして使える、と意見を上げた。

この意見が採用され、小幡に似ている柳原良二(やなぎはらりょうじ)巡査が選ばれた。警察学校を卒業し、都内小金井市で交番勤務をしている警察官だ。

柳原が現場である捜査本部に到着したのは九時半だった。その直後、福沢から連絡が入った。

4

電話しようと思っていました、と麻衣子は言った。

「あなたの要求通り、小幡聖次を連れてきました」

『危なかったですね。あと三十分遅かったら、わたしは人殺しになっていたでしょう』

福沢の声は本気だった。

『小幡にはテレビカメラの前に立ってもらいます。顔をテレビに映し、名前をテロップにして流すことを要求します』

「彼は犯行時十五歳です。名前の公表は――」

『わたしは娘を殺されたんです。そして、犯人はたった三年で少年院から出院した。こんな馬鹿な話がありますか？　彼には自分の罪を償う義務があるんです』

「小幡は娘さんを殺害した罪を背負ったまま、人生を歩み続けなければなりません。それもまた重い罰です」

『冗談じゃない。そんなことで許されると？』

「福沢さん、冷静になってください」

『あなたも身内が殺されればわかりますよ』

「気持ちは――」

『わかってない！』初めて福沢が声を荒らげた。『あなたは何もわかっていない。娘が殺された親の気持ちがわかるわけがないんです』

「福沢さん、事件を終わらせるチャンスは今です。小幡がこの現場へ来たのは、自分の罪を後悔しているからです。それでも許せませんか？」

『小幡の顔をアップでテレビに映してください。そして、名前をテロップで流すように。この店にもテレビがあります。要求が受け入れられるまで、わたしはここから出ません』

「福沢さん、わたしはあなたを救いたい。だからこそ言いますが、そんなことをしても意味はありません」

遠野さん、と福沢の抑えた声が受話口から流れてきた。

『わたしは意味があると思っています。わたしの娘だけではありません。この種の事件すべてについて言えることです』

「この種の事件？」

『わたしには、前から気になっていたことがありました。殺人事件でも暴力事件でも、犯人が未成年の場合、原則としてその姓名は公開されない。そうですね？』

「はい」

『それが納得できなかった。もっとわからないのは、被害者の扱いです』

「被害者の扱い？」

そうです、と福沢が言った。

『加害者と被害者が共に未成年の場合、加害者について一切情報は公開されません。ですが、被害者の名前や年齢、すべての情報が報道される。おかしいと思いませんか？』

「それは……」

『わたしの娘もそうでした。新聞社やテレビ局の人たちが押しかけてきて、話を聞かせろ、写真を貸してくれ、そんな要求ばかりです。しかも、それが義務だと言う。こんな馬鹿な話がありますか？』

「マスコミは暴走しがちです」

麻衣子は警視庁の広報課に籍を置いていたことがある。メディアの強引なやり口はそのころから苦々しく思っていた。

『マスコミの連中は根掘り葉掘り娘について質問してきます。プライベートについてもです。そんな暇があるなら、加害者の家へ行くべきだと思いませんか？　加害者やその家族に対してなら、どんなことを聞いたって構わんでしょう。でも犯人が未成年であれば、マスコミは決してそれをしない。かばっているようにさえ、わたしには見えます』

「かばってはいません」

『それなら、どうして犯人の写真を公開しないんですか？　親の名前や職業もオープンにすればいい。通っている学校、本人の名前もすべてマスコミは隠してしまう。かばっているとしか思えませんね』

「十八歳、十九歳の特定少年を除き、将来的に更生することを考え、本人の名前や住所などがわかる情報を公表しない、と少年法では定められています」

『では、我々の知る権利はどうなるんですか？』

「犯人について知る権利よりも、犯人を更生させることを重視する、それが少年法の精神です」

『では、なぜ被害者の写真や名前は大きく新聞に載り、テレビなどでも放送されるんですか？　遠野さん、わたしは娘を殺されました。どれだけのショックを受けたか、誰にもわかりませんよ。仕事が手につかないとか、そんなレベルの話じゃありません。息をすることさえもできなくなるほど辛かった。それなのに追い打ちをかけるように、毎日テレビや新聞で娘の事件が報道される。ネットに至ってはもっとひどい。わたしたちはね、放っておいてもらいたいんです。静かに娘の冥福を祈っていたいだけなんです。でも、マスコミはわたしたち親を放っておかない。早朝でも深夜でもお構いなしに追いかけ回す。ひどすぎますよ』

「そうですが――」

『なぜ加害者の人権が守られるのか。なぜ被害者の人権は守られないのか。この国の法律は間違っています。加害者の人権より被害者の人権を守るべきでしょう。そうじゃありませんか？』

麻衣子は何も答えられなかった。福沢の言葉は、疑問として常に麻衣子の中にもあったからだ。

警察もそうです、と福沢が言葉を継いだ。

『犯人が未成年だとわかると、何も発表しなくなる。そして加害者とその家族を守る。そんな馬鹿な話があっていいはずがない』

「それは誤解です。警察は被害者家族を最優先に考えますし、犯罪被害者の権利についての法律もあります。ですが、加害者本人はともかく、家族には何の罪もありません。その意味で、彼らを守るのは当然でしょう」

『はっきり言いますが、親の責任ですよ。育て方に問題があるから、子供がつけあがって犯罪行為に走るんです』

「すべてがそうとは限りません」

誰もわかってくれない、と福沢がつぶやいた。

『娘を殺された無念を、そして苦しみを……あんな残酷な殺人が起きたら、未成年であっても公開で裁判が行われるべきなのに、それもなかった。それがどんなに辛いことか、あなたにはわからないでしょう。憎むべき犯人がいるのに、その顔すら見れない。わたしたちは何を、誰を憎めばいいいんです？　どこに怒りのはけ口を見いだせばいいんですか？』

「待ってください。今、あなたにはできることがあります。人質を解放し、そこから出てくるんです。そして、少年法についての疑問を訴えるんです。わたしも協力します」

『協力と言うなら、テレビに奴の顔を映し出し、名前を明らかにしてください。お願いします』

「それは……」

どちらでも構いません、と福沢は言った。

『それができないのであれば、わたしは人質の三人を殺します。脅しではありません。そうすれば、マスコミも騒ぐでしょう。もう一度、あの事件について検証が始まり、犯人の名前や顔写真を載せる新聞や雑誌などが出てくるかもしれません。わたしはそれでもいいんです』

「その三人は事件と無関係です。彼らを殺せば、あなたも殺人犯になります」

『もう、わたしは疲れました。三人を殺せば、死刑になるでしょう。それでも、すべてをはっきりさせたいんです。お願いです、奴の顔を、小幡の顔をテレビ画面に映してください』

「要望はわかりました。わたしはあなたを殺人犯にしたくない。でも、わたしにはあなたの要求を通す権限がないんです。協議のために、時間をください」

わかりました、と力のない声で福沢が答えた。

『ここまで待ったんです。一時間待ちましょう。いいですね？』

通話が切れた。本部に連絡を、と麻衣子は言った。

5

電話に出たのは藤堂だった。

『福沢は本気のようだな』

「どう対応しますか？」

『私の一存では判断できない。替え玉であっても、少年事件の犯人をテレビに映し出すのは前例がない。各方面と話し合う必要がある』

「福沢は一時間待つと言いました。上層部の協議を待っていたのでは、人質を殺害するかもしれません」

犠牲者を出すわけにはいかない、と藤堂が言った。

『三十分待て。十時十五分までに、必ず結論を出す』

「了解しました」

それまで待機だ、と言い残して藤堂が通話を切った。

福沢の最終通告は簡単な二者択一だ。小幡聖次をテレビに映すか、それとも映さないか。後者を選べば、人質が全員死んでもおかしくない。

だが、柳原巡査を小幡聖次に変装させ、テレビにその姿を映し出せばどうなるか。偽者だと福沢が見破れば、人質を殺した上で、自殺しかねない。

「上の結論どうなるでしょう？」

戸井田の問いに、わかりません、と麻衣子は首を振った。

「時間はまだあります。上層部の結論を待ち、福沢と交渉します」

麻衣子は時計に目をやった。四分が経っていた。

6

藤堂から連絡が入ったのは、午後十時二十三分だった。

『結論が出た』藤堂が短く言った。『ダミーを福沢の前に出す』

福沢は娘を殺した小幡聖次に対し、強い憎しみを抱いている。小幡本人を現場に連れてくることについては、何が起きてもおかしくない、と反対意見が続出していた。

だが、福沢は三名の人質を取っている。このままでは犠牲が出るだろう。

折衷案として、ダミーの小幡聖次を福沢の前に出すことになった。

福沢は小幡聖次をテレビに出演させ、個人情報を本人の口から言わせようとしている。ただ、小幡の名前は既にネットに出ている。

福沢の狙いは出所した小幡にもう一度スポットライトを浴びせ、その顔をテレビで晒すことにあると、警視庁上層部は判断していた。それなら柳原をダミーに立て、後に記者会見で事実を公表すればいい。

だが、ひとつだけ問題があった。福沢は散弾銃一丁を警察に引き渡しているが、他にも凶器を所持している可能性がある。ナイフを持っているのも確かだ。

ナイフであれ銃であれ、福沢に襲われた柳原巡査が負傷もしくは死亡しても、警視庁の責任となる。うかつなことはできない。

だが、人質の三名の救出が優先されると考え、警視庁はダミーの小幡聖次をテレビに出すと決めていた。

福沢の武装解除を交渉してくれ、と藤堂が言った。

「武装解除？」

麻衣子の問いに、柳原の安全確保のためだ、と藤堂が言った。

「ですが、福沢が同意しても、確認はできません」

『君はここまで福沢との信頼関係を構築するために努力してきた。それをベースに、福沢を説得しろ。今、彼と話ができるのは君だけだ……完全な武装解除を求め、ナイフ、その他何であれ、武器を渡せと言うんだ』

「応じるとは思えません」

『これは命令だ。小幡が現場へ行くと言っても構わない。柳原巡査を前線本部に送る。すぐに福沢と話せ』

了解しました、と麻衣子は言った。上意下達は警察の鉄則だ。

どんなに無茶な命令でも、拒否はできない。頼んだぞ、と言って藤堂が通話を切った。

7

麻衣子は福沢に電話を入れた。

小幡聖次は来るんですか、といらだった声で福沢が言った。

「本人が同意した、と連絡が入りました。ただし、テレビの件は具体的な話が進んでいません。本人が同意したのは、ここへ来ることだけです」

『わたしは彼と話したいんです』

「反対するつもりはありません。ただし、条件があります」

『条件？』

「人質を解放してください」

要求が受け入れられないのはわかっていた。それでもあえてぶつけたのは、これからの交渉を優位に進めるためだ。

『遠野さん、できませんよ』

それが無理なら、と麻衣子は冷静な声で言った。

「あなたが持っているすべての武器を渡してください」

『ナイフや包丁を渡せと？』

「小幡聖次に危害が加えられるリスクを排除するためです」

『わたしはそんなことしません』

前線本部のドアが開き、入ってきた戸井田が、麻衣子にメモを渡した。

〝捜査本部から柳原巡査が来ました〟と記されていた。

「福沢さん、あなたの持っている武器類、あるいは武器になり得るものをすべて引き渡してください。この要求を拒否する限り、小幡と会わせるわけにはいきません」

福沢が小さなため息を漏らした。お願いします、と麻衣子は頭を下げた。

8

返答をしないまま、福沢が通話を切った。戸井田の後ろに立っていた若い男が敬礼した。黒のトレーナーの上に防刃ベスト、ジーンズという軽装だ。柳原巡査だった。

麻衣子は柳原に椅子を勧めた。

「状況はわかっていますね？」

おおよそのところは聞きました、と柳原が答えた。

「自分に務まるでしょうか？」

「不安なのはわかりますが、福沢は本当の小幡聖次の顔を知りません。小幡になったつもりでいれば問題ありません」

「危険は覚悟していますが……」

「リスクを減らす努力をしています。今も、武器類の引き渡しを交渉していました」

しかし、と戸井田が口を開いた。

「完全な武装解除は不可能でしょう。アリサは喫茶店で、ナイフやフォークもあるでしょう。全部渡したと福沢が言っても、確認はできません」

確かに、と麻衣子はため息をついた。一本のフォークが残っていれば、それで柳原や人質を殺害することもできる。

「わたしと福沢の間に信頼関係が結ばれているかどうか、そこにすべてがかかっています」

「信頼関係は……あるんですか？」

戸井田が尋ねた。あるつもりです、と麻衣子は答えた。

「柳原巡査、わたしを信じてください。あなたの身に危害が及ばないようにすると約束します」

「信じます」

柳原がうなずいた。助かります、と麻衣子は苦笑を浮かべた。

「信頼がなければ、何もできません。落ち着いて、わたしの指示を守ってください」

警視庁は柳原に変装を施していた。頰にシャドウを入れ、角張った眼鏡、刈り上げた髪など、細部を変えている。

本人も驚くほど、顔の印象は変わっていた。テレビに映っても、メイクを落としてしまえば柳原だと誰も気づかないだろう。

「ブルートゥースイヤホンを耳に装着してください。適宜、こちらから連絡を入れます」

戸井田がブルートゥースイヤホンを柳原に渡した。耳穴に直接つけるタイプだ。前線本部、あるいは捜査本部からの指示を聞くこともができた。

その時、目の前のスマホが鳴った。麻衣子はすぐに電話に出た。

「遠野です」

『福沢です。武装解除について、あなたの条件を呑みます。武器になりそうなものは、すべて正面入口に出します』

スマホを握る麻衣子の手が白くなった。

「わかりました」

『その際、人質の三人の姿を見せます』

「はい」

『今から武器類を集めます。少し時間をください』

通話が切れた。

あとは福沢が動くのを待つしかなかった。

9

ドロップフォンの盗聴器から動き回る足音がした。

三十分後、いきなりアリサの正面入口が開いた。

『どういうことだ』

捜査本部の藤堂から、すぐに電話が入った。不明です、と麻衣子は短く答えた。その時、福沢との通信用スマホが鳴り出した。

「遠野です」

福沢です、という声がした。

『武器になりそうなものを入口のドア脇に捨てます。捨てるのは人質です。姿を確認してください』

「わかりました。福沢さんはどこに?」

『わたしは店の奥にいます』

「武器を捨てる人質を見張らないんですか?」

『一人で逃げれば、残りの二人を殺すと言ってあります。逃げたいのはやまやまでしょうが、そうはいきませんよ』

通話が切れ、同時に一人の男がドアから出てきた。足取りがおぼつかないのは、両足首に手錠をかけられているためだ。

男が手に持っていた黒いビニール袋を放り投げると、金属がぶつかり合う硬い音がした。そのまま男が下がっていった。

『遠野警部』つながったままの電話から藤堂の声が聞こえてきた。『福沢を外におびき出すことは可能か?』

「どういう意味ですか?」

『狙撃チームが待機している』

「福沢を撃つと?」

『チャンスがあればだ』

正面入口のドアが開いた。福沢が出てくれれば、狙撃は難しくない。

『福沢を外に出せ』

麻衣子はスマホを耳に当てた。

「福沢さん、今捨てたビニール袋がすべてですか？」

『いえ、まだあります。全部で三袋になったので、人質三人が一つずつ入口脇に捨てます』

「回収します。構いませんね？」

いいでしょう、と福沢が言った。

『三つの袋をすべて捨て終わったら、回収してください』

「わかりました。福沢さん、袋は重いでしょうか？」

『ナイフやフォークですからね。重いと言えば重いですが、それが何か？』

「人質の中には女性がいます。転倒などで怪我をされると、警察の責任になります。最後の袋はあなたが捨ててください。人質を含めた全員の安全のためです。警察にとって重要なのは、三人の人質の救出ですが、それはあなたにとっても同じでは？」

『同じ？』

「人質が負傷すれば、わたしたちは小幡を引っ込めます。そのリスクを回避するためには、あなたが自分で重い袋を捨てた方がいいと思います」

その手には乗りません、と福沢が言った。

『わたしが外へ出れば、何をされるかわかったもんじゃない。撃ち殺されることだってありません。そうでしょう？』

「日本の警察はそんな無茶をしません」

『どうですかね……武器類を捨てるのは、人質にやらせます』

これ以上深追いすれば危険だ、と麻衣子は思った。怪しまれたら、交渉は失敗に終わる。

『遠野さん、わたしは武器類を捨て、人質の無事を明らかにしました。条件はすべてクリアしましたよ』

「まだ、すべての武器類が捨てられたのか、確認が取れていません」

『そんなことを言っていたら切りがありませんよ。ボールペン一本あれば、人を殺せるんです』

ボールペンの先端で人間の頸動脈を切り裂けば、被害者は絶命するだろう。

『完璧な武装解除なんて、無理なんですよ』

「わかっています」

『もう十分でしょう。小幡聖次をテレビに出してください』

「小幡の顔を画面に映すということですね？」

『その際、一切の加工を禁じます。音声もそのまま、顔にモザイクをかけるなど、もっての外です。小幡聖次を映せばいいんです』

麻衣子に逃げ場はなかった。福沢の交渉は完璧だった。

『わたしは彼と話がしたいだけなんです。なぜ娘を殺したのか、あの時何があったのか、それを直接彼の口から聞きたい。そして、テレビの前の視聴者に見てもらいたいと考えています』

「わかりました」覚悟を決め、麻衣子は言った。「小幡と話します。少し時間をください」

待っています、と福沢が答えた。通話を切り、麻衣子は深いため息をついた。

10

どうにもなりません、と麻衣子は額に指を押し当てた。戸井田と柳原がうなずいた。

「捜査本部の判断待ちですが、柳原巡査に小幡を装ってもらうしかないようです」

やむを得ません、と柳原が言った。このままでは、福沢が人質を殺しかねません、と麻衣子は肩を落とした。

「それを防ぐには、柳原巡査を出すしかないでしょう」

前線本部の電話が鳴り、麻衣子はスピーカーホンのボタンを押した。

『藤堂だ。前線本部の意見を聞きたい。柳原巡査を出すべきか？』

「やむを得ないと考えます」

君もか、と藤堂が苦笑した。

『今や、どこもかしこも、やむを得ないという判断だらけだ。私以外はね。私にはまだ迷いがある。何しろ、前例がない』

過去、警察及びマスコミがこのような形で元殺人犯をテレビに出演させたことはなかった。移送中の犯人が映し出されるレベルではなく、正面からテレビ画面に映し出す。前例がない、と藤堂が迷うのも無理はない。

苦肉の策として、柳原巡査を小幡の身代わりに仕立てることにしたが、この欺瞞を福沢が知ったらどうなるか。最悪の場合、三人の人質に危害が及ぶだろう。

「結論は?」

麻衣子の問いに、やむを得ない、と藤堂が答えた。

『命令。遠野警部は引き続き人質解放を説得せよ。不可能な場合のみ、柳原巡査は小幡聖次に扮し、カメラの前に立て』

「了解しました」

柳原が低い声で答えた。麻衣子は通話を切った。

11

三十分後、福沢から連絡が入った。早く小幡をテレビに出せ、と訴えた福沢に、各部署と調整中なので時間が欲しいと麻衣子は答えた。

『いつまで待てばいいんですか？』

二時間くださいと言った麻衣子に、そんなには待てません、と福沢が声を荒らげた。

『遠野さん、あと三十分だけ待ちましょう。それが限界です。もし、三十分後に誠意ある回答が得られなければ……わたしは人質の一人を殺します』

「福沢さん、止めてください」

『じゃあ、どうしろと？』

「話し合いましょう。話し合って、事態を解決するんです」

『もう遅いですよ』

「遅すぎることはありません」

押し問答が続いたが、人質を取られている警察側にはハンディキャップがある。小幡の代わりに、柳原を出すしかなかった。

だが、それには代償が必要だ。具体的には人質の解放を話す。

「福沢さん、わかりました。三十分で上層部を説得します」

『お願いします』

「ですが、了解を得るには相応の条件が必要です。人質を解放してください」

『人質を解放すれば、あなたたちは小幡を引っ込めるでしょう。そしてこの店に突入し、わたしを逮捕する。そうですよね？』

「あなたが人質を解放すれば、必ず小幡をテレビに出します」

論理的に矛盾があるが、麻衣子は真剣だった。犯人と約束を交わした場合、必ずそれを実行する。それが交渉人の鉄則だ。

『そんな権限はあなたにはないはずです』

「権限の問題ではありません。あなたとわたしの信頼関係の問題です。福沢さん、わたしはあなたを信頼しています。わたしのことも信じてください。人質がいなくても、必ず小幡聖次をテレビに出します」

『あり得ませんよ。そんなことができるなら、とっくの昔に小幡はテレビに出ているはずです』

「人質がいるからこそ、わたしたちは慎重になっているんです。小幡と話したあなたが感情的になり、人質に危険が及ぶおそれがあります。だから……」

『もうわたしは限界です。あと三十分だけ待ちましょう。回答がなければ、わたしが何をするか、わかってますね?』

「せめて一時間」麻衣子はすがるように言った。「一時間待ってもらえませんか。警察の意見を統一しておかないと、事態が混乱するだけです。福沢さん、お願いします」

『三十分です』

それだけ言って福沢が通話を切った。麻衣子は反射的に時間を確認した。深夜〇時半になっていた。

12

時間の流れが濃密になっていた。

時計の針が深夜一時ちょうどを指した。麻衣子の目の前でスマホが鳴り出した。

「遠野です」

『三十分経ちました』福沢が前置き抜きで言った。『約束の時間です』

「福沢さん、もう一度だけわたしにチャンスをくれませんか?」

『チャンス?』

「話し合いのチャンスです」

『まだ、そんなことを言ってるんですか?』呆れたように福沢が言った。『もう話し合いは終わりました。すぐに小幡聖次を出してください』

「準備をしています。ですが、その前にもう一度だけ――」

いきなり凄まじい女の悲鳴が聞こえた。

「福沢さん、何を――」

『そんな悠長なことを言っているから、こんなことになったんです』福沢が荒い息を吐いた。『あなたたちの責任です』

「何をしたんですか?」

『人質を一人解放します。何があったか、聞いてください。いいですか、これは無意味な時間の引き延ばしを繰り返してきたあなたたちの責任なんですよ』

唐突に通話が切れた。麻衣子はすぐにリダイヤルしたが、呼び出し音も鳴らなかった。福沢が電源を切ったのだ。ドロップフォンの盗聴機能は作動しているが、話し声は何も聞こえてこない。

「どうしたんでしょう。人質を解放するとは……」

戸井田が立ち上がった。わかりません、と麻衣子はスマホに目をやった。

しばらく待つとドアが開き、一人の男が出てきた。おぼつかない足取りで歩いている。

「人質の保護と収容を。それから捜査本部に連絡を」

麻衣子の指示に、受話器を握ったまま、戸井田が指で丸を作った。アリサの敷地外に出た男を、四人の警察官が保護した。

『男性、四十歳前後、外傷なし』警察無線から無機質な男の声が響いた。

『藤堂だ』無線に藤堂の声が重なった。『男性は無事か？』

『無事です。現在、名前を確認中……失礼、それは何ですか？』

『どうした？』

『あなた、名前は？　手に持ってるのは何です？』

『保護した人質を前線本部に収容せよ。繰り返す。前線本部に収容せよ』

藤堂の命令に、了解、という声がした。同時に、誰かの嗚咽（おえつ）が聞こえ、無線が切れた。

「どうなってるんです？」

戸井田の問いに答えず、人質がこちらへ来ます、と麻衣子は言った。

「詳しい事情を聞きましょう」

すぐに前線本部のドアが開いた。立っていたのは制服を着た四人の警察官と、背広姿の一人の男だった。

警察官の一人が敬礼した。男はがっくりと肩を落としている。憔悴（しょうすい）しきった様子だった。

「遠野警部、解放された人質を前線本部へ収容せよと命令が……」

救急車は、と尋ねた麻衣子に、来ています、と戸井田が答えた。

名前と年齢の確認をさせてください、と麻衣子は言った。

「相沢（あいざわ）……一久（かずひさ）、四十一歳です」

男が初めて口を開いた。これまで確認が取れなかった徒歩での客のようだ。

「アパレルメーカーのシルバーウイングという会社に勤務しています」

「あなた、いったい何を持ってるんですか？」

席から立ち上がった戸井田が相沢の右腕をつかんだ。握っているポリ袋の中が真っ赤に染まっていた。

相沢がポリ袋を前に出した。麻衣子はその中を見つめた。

「……これは？」

耳です、と相沢が囁いた。

「耳？」

「犯人が、人質の女性の耳を……」切り取ったんです、と相沢が言った。「これを警察に渡せ、と言われました」

麻衣子は手を伸ばし、相沢の手からポリ袋を受け取った。中に入っていたのは血で染まった耳の一部だった。

13

救急車が相沢一久を乗せて病院へ向かった。それを確認してから、麻衣子はスマホをタップした。すぐに福沢が出た。

「福沢さん、何をしたんです？」

『あなた方が約束を守らないから、実力行使に出たまでです』

「約束を守らなかったのはあなたです。武器になり得るものは、すべてこちらに引き渡したはずでは？」

『すべて捨てたつもりでしたが、鋏（はさみ）が一丁残っていましてね』

「鋏で女性の耳を切ったんですか？」

麻衣子はポリ袋の中の肉片を見つめた。それほど大きくはない。耳たぶ部分を切り取ったのだろう。

「福沢さん、残念です。こんなことをするべきではありませんでした」

『わたしも好きでやったわけじゃない』福沢の尖った声が聞こえた。『何を言っても、いくら待っても小幡聖次をあなたたちがテレビカメラの前に出さないから、やるしかなかったんです。わたしはどこにでもいる普通の男です。そんな男に人の耳を切り取らせたのは、あなた方の責任です』

「さっきの悲鳴は彼女が上げたんですね？」

『そうです』

「女性は出血してますね？」

『たいした出血じゃありません。いいですか、遠野さん。わたしは彼女の耳をすべて切断できたんです。ですが、そんなことはしたくなかった。だから、耳たぶだけを切ったんです』

「そうですか」

『辛い決断でしたが、こうでもしなければあなたたちはいつまで経っても同じことを繰り返すだけでしょう。やむを得ない選択だったんです』

「福沢さん、その女性を解放して、彼女の傷を治療させてください」

『その必要はありません。切り取った肉片は見ましたね？　耳たぶを切っただけで、タオルで止血していますす。たいした怪我じゃありませんよ』

「それは医師でなければわかりません」

しばらく沈黙が続いた。麻衣子はゆっくりと口を開いた。

「福沢さん。彼女をこちらに渡してください。人質の数が足りないなら、わたしが代わりになります。彼女を解放すれば、すぐにでも小幡聖次をテレビに出すと約束します。この条件でどうでしょうか？」

『それは最初の話と違う』福沢が低い声で言った。『もともと、人質がいるいないに関係なく、午前一時になった時点であなたは小幡聖次をテレビに出すと約束していた。そうですよね』

「時間がもう少し必要だ、とわたしは答えました」

『しかし、わたしは時間の引き延ばしを拒んだ。タイムリミットは一時ですが、あなたたちの側に動きはなかった。やむなく、わたしは人質の女性の耳を切り取った。さすがにフェアではないと思ったので、人質を一人解放したんです』

「人質には手を出さない、とあなたは言っていたはずです」

『わたしもこんなことをするつもりはなかった。したくなかったですよ、人の耳を切り取るなんて……しかし、ここまでしないと、あなたたちは本気にならなかったでしょう？』

「そんなことはありません。わたしはあなたと連絡が取れ次第、小幡をテレビカメラの前に立たせるつもりでした。これでは小幡をテレビに出せません」

『……わたしには二人の人質がいます。そして鋏を持っています。切断できるのは耳だけではありません。耳でも、唇でも、目でも、あるいは指でも切断できるんです。でも、わたしにそんなことをさせたくないでしょう?』

「もちろんです」

『それなら、すぐ小幡をテレビに出してください』

「手配しますが、その前に女性を解放してください。女性が失血死するおそれもあります」

『もう血は止まっています』

「福沢さん!」

『小幡をテレビに出してください。そうすれば、彼女を解放します。優先順位は小幡のテレビ出演が上です』

福沢が通話を切った。柳原巡査を、と麻衣子は言った。

14

病院に運び込まれた相沢一久の事情聴取が始まった。担当したのは警視庁捜査一課の大垣(おおがき)警部補だった。

医師の診断により、相沢に怪我がないことはわかっていた。暴行は受けていない、と相沢も話していた。

銃で脅されるまま、椅子に座らされ、手と足を手錠で結ばれていたため、抵抗のしょうがなかった、と相沢が言った。怪我はなかったが、精神的なダメージはあった。

深夜一時に警察とコンタクトを取っている途中で、福沢は手近にいた女性を引き寄せ、その耳に鋏を当てた。目をつぶったが悲鳴は聞こえた、と相沢は話した。

福沢は躊躇せずに耳を切ったようだ。すぐに手錠を外してタオルを渡し、出血を抑えるように指示していた。

「あの時、わたしが犯人の一番近くに座っていたら……そう思うと」相沢の嗚咽が長く続いた。「犯人はわたしの耳を切ったかもしれません。あの時の彼女の悲鳴を思い出すと、生きた心地がしません」

「鋏以外に、凶器はありましたか?」

大垣警部補の質問に、何とも言えません、と相沢が答えた。

「包丁やナイフの類はまとめて捨てていました。見える範囲では、他に銃はありませんでした。ですが、どんなものでも凶器になると思います」

「例えば?」

「店には何本もビールやコーラの瓶がありました。あれを割れば、鋭く尖ったナイフと同じです」

ガムテープで強く鼻と口を塞げば、窒息死させることもできるだろう。その意味で、完璧な武装解除が不可能なのは、捜査本部の藤堂以下全員がわかっていた。

「犯人の様子はどうでしたか？」

焦っているようでした、と相沢が答えた。

「警察は動こうとしない、と独り言のように言っていました。いらいらしているようにも見えました」

「他に何か言っていませんでしたか？」

「特には……わたしたちに対しては、下手な抵抗をせずにじっとしていれば危害は与えない、と言っただけです。それ以外は話そうとしませんでした」

前に解放された二名の人質と同じだ。それでは、と大垣が質問を変えた。

「テレビを見ていましたか？」

「小型の液晶テレビを店内に持ち込み、それをカウンターに載せて見ていました。音声は聞こえませんでした。わたしの座っていた位置からは逆向きだったので、よくわかりませんが、ヘッドホンを使っていたんでしょう」

「犯人は他の人物と連絡を取っていませんでしたか？」

「犯人が連絡を取っていたのは警察、そしてマスコミだけだと思います」

「あなた以外に、男性の人質が一人、女性の人質が一人いましたね？　名前はわかりますか？」

「いえ……ガムテープで口を封じられていたので、話はできませんでした」

「男性の人質は何歳ぐらいでしたか?」

「私より上だと思いますね。五十代半ばぐらいでしょう」

「女性はどうです?」

「何とも言えませんが、四十代だと思います」

男性の人質は富樫則行のはずだが、確実とは言えなかった。その後も事情聴取が続いたが、収穫はなかった。福沢から麻衣子に連絡が入ったのは深夜一時半だった。

15

電話に出た麻衣子の耳に、低い福沢の声が聞こえた。

『いいかげんにしてください。どれだけ時間が経っていると? わたしは待ち続けました。ですが、あなたたちは一向に動こうとしない』

「それは違います。わたしたちは小幡聖次をテレビに出すと決めていました。問題はそのタイミングだけでしたが、あなたが人質の耳を切ったため、すべてが振り出しに戻ってしまったんです」

『言い訳は止めてください。そんなことで余計な時間を使いたくはない』

「言い訳ではなく、事実を述べています」

『それなら、早く小幡をテレビに出した方がいい。女性の出血は止まっていますが、手当てをしないとどうなるかわかりませんよ』

「代わりに、わたしが人質になります。あなたが拒否するなら、医師の派遣を了解してください」

『両方とも答えはノーです。あなたを人質にしても、メリットはない。そして、医師を装った刑事が来るかもしれません。まだ逮捕されるわけにはいかないんです』

「どちらの条件も吞めないのであれば、回答は同じです。小幡聖次をテレビに出すことはできません」

ここで麻衣子はブラフのカードを切った。小幡聖次、つまり柳原巡査をテレビに出すと決定している。だが、強気の姿勢を崩すつもりはなかった。

ドロップフォン越しに、鋏を鳴らす音がした。

『もう片方の耳を切るか、それとも舌でも切りますか？　あなた次第です』

そんなことをすれば、事態はますますこじれます、と麻衣子は警告した。

「あなたの脅しに乗るわけには――」

いきなり、女の悲鳴が聞こえた。何をしたんですか、と麻衣子は静かに尋ねた。

『もう一方の耳をつかんだだけです』

「それはわたしたちへの脅しですか？」

『そう取ってもらっても結構です。ただ、単なる脅しではありません。遠野さん、まだ二人の人質が残っているのはわかってますね？』

「はい」

『それなら、わたしの要求に従い、小幡聖次をテレビに出してください』

「小幡をテレビに出せば、人質を解放し、投降しますか?」

『それは、小幡が何を話すかによります。なぜ娘を殺したか、わたしが納得できる答えが返ってくれば、人質を解放しますし、わたしも自首します。ですが、そうでない場合は……』

「どうするつもりですか?」

『わたしの目的は、小幡をテレビの画面に出し、名前を公表することにあります。彼が冷酷な殺人鬼だと、日本全国のテレビの前の視聴者に知ってもらう。それですべてが終わります』

「わかりました、三十分ください。上層部の了解を取ります」

『これが最後の三十分です。二人の人質の命は、わたしにとって何の意味もありません。あなたもわかっているでしょう? 今、一時四十分です。二時十分、それがリミットです。それまでに小幡がテレビに出なければ、わたしが何をしても、責任を取るのはあなたたちです』

福沢が通話を切った。すぐに、捜査本部の藤堂から電話があった。こめかみを押さえたまま、麻衣子は受話器を耳に当てた。

16

『福沢は本気なのか?』

藤堂の呻き声に、要求を通すことしか頭にないようです、と麻衣子は答えた。

「小幡をテレビに出さなければ、残った二名の人質の生命は保証できません。小幡聖次に扮装させた柳原巡査をテレビに出すしかないと思います」

簡単に言うな、と藤堂が大声で詰(なじ)った。

『福沢が何をするかわからない。最悪の場合、柳原巡査の命にもかかわってくるぞ……だが、上は了解しているし、福沢が人質の耳を切った時点で、命令も出ている』

「それなら——」

『しかし、小幡ではないと福沢が見抜いたらどうなる? 二人の人質の命は? 君に保証ができるのか?』

「柳原巡査と話しました。落ち着いてますし、信頼のおける警察官です。彼なら任せていいと思います」

『そうならいいが……』

「柳原巡査を信頼するしかありません。少年審判の記録によれば、福沢は小幡の顔を見ていません。柳原巡査が偽者だと見抜けるとは思えません」

麻衣子には藤堂の心境が手に取るようにわかっていた。この事件の責任を取りたくないのだろう。

二人の人質、そして柳原に危害が加えられた場合、その責任は藤堂が負うしかない。とはいえ、この事件の指揮官は藤堂だ。判断が遅くなれば、それも藤堂の経歴に汚点を残す。

藤堂の決断を促す手はひとつしかない。二人の人質、そして福沢を救うために、麻衣子は口を開いた。

「想定外の事態が起きたら……つまり、福沢が人質、そして柳原巡査に危害を加えた時は、わたしが責任を取ります。必要なら、辞表を書きます」

『了解した。柳原をテレビに出そう』

「時間は?」

『二時十分だ』

「マスコミには何と?」

『犯人の要求に応じ、小幡聖次のテレビ出演を決めたと伝える。福沢との交渉は君に任せるが、構わないいな?』

「結構です」

藤堂が通話を切った。麻衣子は額の汗を拭った。

17

テレビカメラの位置を福沢の指示通りに動かし、カメラクルーの安全も考え、少し距離をとった場所を指定した。照明その他を含め、すべてが完了したのは午前二時二分だった。

「準備はいいですか?」

確認した麻衣子に、いつでも、と柳原が短く答えた。戸井田刑事、と麻衣子は言った。

「柳原巡査を下へ。捜査本部の刑事が、柳原巡査を所定の位置につけます」

麻衣子はスマホに手をやった。わたしも連絡しようと思っていました、と福沢の声がした。

「今から小幡聖次を下へ降ろし、テレビカメラの前へ向かわせます」

『ぎりぎりのタイミングでしたね』

福沢が鋏を鳴らす音がした。

「人質に手出しはしないでください」

『何もしません』

通話が切れた。下へ、と麻衣子は立っていた戸井田と柳原に命じた。

18

　十数台のテレビカメラが並び、その横に各局の記者が集まっていた。前線本部から出てきた柳原を、すべてのカメラが捉えた。

「たった今、警察の人間に伴われ、男性が出てきました」

　あっという間にその場が喧噪の渦となった。各局の記者が一斉に喋り始めていた。

「制服警察官が四人います。黒のトレーナー、ジーンズという軽装の若者が現場に近づいています」

　カメラマンたちがカメラをパンさせた。警察官が柳原を所定の位置につけると、一斉にライトが点灯した。柳原が手で光を遮っている。

「まだ警察から正式な発表はありませんが、カメラの前に立った男性が福沢亜理紗ちゃん殺害事件の犯人と思われます。福沢亜理紗ちゃんを殺害し、四カ月前まで少年院に入っていた小幡聖次少年と思われます。やや暗い表情で、カメラから顔を背けています」

　各局の記者が口々に叫んだ。声音に怒りが潜んでいた。

　報道にあたり、マスコミは中立の立場を取らなければならない。ただ、福沢亜理紗ちゃん殺害事件の犯人に対して、記者たちには抑えきれない怒りがあった。

「小幡少年が現場に現われました。籠城犯がこれからどうするつもりなのか、今のところ不明です」

「小幡少年がしきりに周りを見ています」記者たちの声が続いた。「カメラ、照明を見ています。照明が気になるようです」

すべてのテレビ局が照明をつけている。その中央にいる柳原には、何も見えていないかもしれなかった。

「小幡少年は何を考えているのでしょう。四年前、自分が犯した罪について考えているのでしょうか」

柳原がまた目の前に手をかざした。その顔が青ざめていた。

19

各テレビ局に通達を、と麻衣子は戸井田に指示した。

「ライトが強すぎます。柳原巡査には何も見えないでしょう。福沢にも刺激となり、危険です。ライトの光量を落とすように伝えてください」

戸井田が広報課に連絡を入れると、各局のライトがゆっくりと明度を落とし、柳原の姿がはっきりと見えた。柳原も周囲の様子を確認できるようになっただろう。

「狙撃チームを配置につけるべきだと、藤堂係長に伝えてください。万が一ですが、福沢が他に銃を持っていて、柳原巡査を撃つかもしれません。そんなことがあれば――」

「あれば?」

「捜査本部がしかるべき手を打つでしょう」

しかるべき手とは、犯人射殺を意味する。

ただ、福沢は銃を警察に引き渡している。人質たちの証言も含め、他に銃を持っている可能性はほとんどない。

麻衣子としては、狙撃チームの配置要請は最悪の備えで、それは藤堂もわかっているだろう。

「福沢は出てくるでしょうか?」

戸井田の問いに、いいえ、と麻衣子は答えた。

「福沢の狙いは、テレビ視聴者に小幡聖次の顔を見せ、名前を伝えることです。今のところ、彼の思惑通りになっています。映っているのが柳原巡査であることを除けばですが」

「福沢にはわからないでしょう」

「福沢の心中には、いろいろな想いが巡っているはずです。殺意もあるでしょう。ですが、警備をかいくぐることはできません。テレビに小幡聖次が映れば、福沢としては成功です。でも……」

「でも?」

話していてわかりましたが、と麻衣子は言った。

「小幡の口から、直接謝罪の言葉を言わせたい、と福沢は思っているようです」

「謝罪ですか……」

「小幡が自分の犯した罪を認め、謝罪する……その時、福沢は投降するでしょう」

「でも、どうやって謝罪させるつもりですか？　福沢は中にいるんですよ？」

「テレビ画面を通じてです。そのために、必ず福沢は連絡を取ってきます」

麻衣子はスマホを指さした。

20

午前二時二十分、福沢から電話が入った。

『あなたを信じてよかった』

福沢がため息をついた。『本当に小幡をテレビに出してくれたんですね』

「わたしは約束を守ります。あなたは要求を通しました。もう十分でしょう。人質を解放して、出てきてください」

『いや、まだあります。言ったはずですよ。直接小幡本人と話したいと』

「外に出て、彼と話すんですか？」

『いえ……遠野さん、あなたのスマホを小幡に渡してください。そうすれば、彼と直接話せます。小幡と長く話すつもりはありません』

「目的は何です？」

『なぜわたしの娘を殺したのか、その理由が聞きたいだけです』

「あの日、小幡は自分でも抑え切れない殺人衝動に駆られていました。亜理紗ちゃんを殺したのは偶然です」

『偶然で片付けられては困ります。それではひどすぎます。わたしは理由が欲しいんです』

「小幡には、亜理紗ちゃんを選んだ理由はありません」

『本人の口から聞きたいんです』

「福沢さん、もう止めましょう。あなたの要望はすべてかなえました。これ以上は亜理紗ちゃんのためになりません。そうでしょう？」

『わたしは自分が正しいと信じていますよ』

「間違っています。亜理紗ちゃんも、父親にこんなことをしてほしくないと――」

『あなたは亜理紗じゃない』

福沢が言い放った。麻衣子も口を閉じるしかなかった。

『あなたに何がわかると？　わたしは父親ですよ？』

「自分のために父親が罪を犯すのを望む娘はいないと思います」

『亜理紗はもういません。答えは出ませんよ。いいからスマホを小幡に渡してください。最後の要求です』

「渡すのは約束できますが、あなたと話せと命令はできません。小幡には拒否する権利があります」

『小幡が拒むなら、人質の二人が死ぬと伝えてください』

「彼と話しますが――」

通話が切れ、戸井田が直通電話の受話器を差し出した。藤堂からの電話だった。

『どうする？　スマホを柳原に渡すか？』

「そのつもりです。福沢が何を話しても、柳原巡査ではなく、捜査本部が答えれば問題ないと思います。スマホに内蔵された盗聴器で、二人の会話を聞くことができます。柳原巡査の耳にはイヤホンが装着されてますから、指示を伝えられます。最後の詰めさえ誤らなければ、福沢は人質を解放し、投降します」

『柳原巡査、聞こえたら右の手で頭を掻け』

藤堂が指示すると、テレビ画面に映っていた柳原の右腕が動き、頭に手をやった。

『よろしい。柳原巡査はスマホを受け取り、犯人と話すように。ただし、すべての答えは我々捜査本部が出す。いいな？』

画面の中の柳原巡査が手を頭から離した。了解した、という意味だ。

『遠野警部、柳原巡査との連絡に問題はない。戸井田刑事にスマホを届けさせろ』

「了解しました。マスコミにはどう伝えますか？」

『戸井田にはノーコメントで通すように言え。戸井田、スマホを柳原に渡したら、すぐ前線本部に戻れ』

「ですが、スマホを渡せば、マスコミから問い合わせがあると思います」

『それは捜査本部で対処する』

麻衣子は戸井田に福沢との連絡用のスマホを渡した。うなずいた戸井田が前線本部から出ていった。

『福沢は柳原に……つまり小幡にだが、何を言わせたいんだ？』

藤堂の問いに、謝罪です、と麻衣子は答えた。

「なぜ自分の娘を殺害したのか、と聞くつもりもあるでしょう。ですが、本当の目的は、小幡本人の口から謝罪の言葉を引き出すことだと思います」

テレビモニターに戸井田の姿が映った。柳原のもとへ駆けより、スマホを渡している様子が見えた。

『福沢もこの映像は見ているな？』

「はい」

『では、福沢からの連絡を待つ。柳原巡査への指示はこちらから行う。君は一切口を挟むな』

わかりました、と麻衣子はうなずいた。

四章　真相

1

柳原巡査にスマホを渡してきました、と戸井田が報告した。

「福沢が電話をかけてくるはずですが、柳原巡査の受け答えがうまくいくかどうか……」

女児殺害犯になりきって被害者の父親と話すのは難しい。回答を用意するのは捜査本部だが、受け答えが不自然だと、福沢も不審に思うだろう。

柳原巡査を信じるしかありません、と麻衣子は言った。すぐに藤堂から連絡が入った。

『狙撃チームを所定の位置につけた。福沢が投降すればそれでいいが、何かあれば二人の人質が危険だ』

今、福沢は店内にいる。正確な位置は特定できていない。ドロップフォンの盗聴器からも中の様子は窺えなかった。

「他はどうです?」

『店の裏手に二十名の捜査員を配備した。最悪の場合、通用口から店内に突入、人質を保護、そして福沢を確保する』

「もうひとつ扉がある、と福沢は話しています」

わかっている、と藤堂が言った。

『条件は厳しいが、他に打つ手がない』

スマホに入電、と戸井田が叫んだ。

柳原への指示は藤堂が行う。

着信音が五回鳴り、電話に出る柳原の声が聞こえた。

2

スマホに内蔵している盗聴器を通じ、福沢との会話を聞くことができる。

『わたしは福沢だ。知っているね？』

『はい』

二人の会話は前線本部、捜査本部内に流れている。同時に、藤堂の指示も聞こえた。

返事が早い、と藤堂が舌打ちした。

「もっとゆっくりでいい。福沢が何を言っても気にするな。私の答えを復唱すればいい」

柳原は片方の耳で福沢の話を聞き、もう片方の耳で藤堂の指示を聞かなければならない。混乱してもおかしくなかった。

『君の名前は？』

福沢が言った。小幡聖次と答えろ、と藤堂が命じた。

『小幡聖次です』

『なぜここへ来たのか、理由はわかっているね』

わかっていると言え、と藤堂が命じた。

『わかっています』

『君は人殺しだ。そうだな?』

藤堂は無言だった。答えなくていい、と判断したようだが、明確に指示するべきだ、と麻衣子は思った。柳原の混乱が増すだけだ。

『君は四年前、小学生だったわたしの娘を殺した』

詫びろ、と藤堂が怒鳴った。

「柳原、謝罪しろ」

『……すいませんでした』

「自分が何をしているのか、わからなかったと言うんだ」

『……自分が何をしているのか、あの時ぼくにはわからなかったんです』

『わけもわからず、君は娘を殺したのか?』

『すいません……本当に申し訳ありません』

『申し訳ありません? 本気で言ってるのか?』

『……はい』

『それで許されると思っているのか?』

何も答えるな、と鋭い声で藤堂が命じた。何を言っても、言い訳にしかならない。

『許されるはずがないと、自分でもわかっているだろう?』

柳原は何も答えなかった。

『聞いているのか?』

福沢のいらだたしげな声がした。聞いています、と柳原が言った。

『少年院での暮らしは辛かったか?』

『それは……その……』

『どうなんだ?』

辛くなかったと言え、と藤堂が命じたが、辛かったと答えるべきだ、と麻衣子は思った。その方が福沢も同情するはずだが、柳原は藤堂の指示に従った。

『辛くは……なかったです』

『わたしの娘は殺されたが、君は生きている』

『……はい』

『そして、君は院から出てきた。たった三年でだ。人殺しに、三年という時間が見合ってると思うか?』

短すぎましたと言え、と藤堂が早口で命じた。福沢の問いに、思考が追いついていないのか、指示に一貫性がなくなっていた。

『いえ……短すぎたと思います』

『では、どうすればいい？』

『……それは……わかりません』

『教えてやろう。君は死ぬべきだ。死んで償うしかない』

藤堂係長、と麻衣子はブルートゥースイヤホンを耳に押し当てた。

「指示を出してください。柳原巡査が答えなければ不自然です」

「待て」

藤堂の無機質な声が響いた。柳原のすすり泣く声が、スピーカーを通して前線本部に広がった。

『泣けば済むと思ってるのか？』

福沢が言った。

『……いえ』

『では、死ぬか？　死んで罪を償えばいい』

『それは……できません』

『なぜだ？　君はわたしの娘を殺したんだぞ？』

生きて償いますと言え、と藤堂が指示した。

『……生きて償いたいと思います』

『君が何をしてもわたしの娘は還ってこない。それはわかっているはずだ』

『……はい』

「でも、自分が死んでも娘さんは還ってこないと言え」

藤堂が言った。それは、と麻衣子が言いかけた時、柳原の声が響いた。

『ですが……自分が死んでも娘さんは還ってこないと思います』

『君は何もわかっていない！』福沢の怒声が聞こえた。『では、どうやって罪を償うつもりだ？　君の犯した罪は重い。わかっているな？』

『……はい』

『今、君の顔と名前がテレビカメラを通じて全国に流れている。今後、新聞や雑誌、インターネットにも君の顔写真が載る。もう逃げ場はない。わかるか』

『……はい』

『君は社会的に抹殺されたも同然だ。だとしたら、ここで死んだ方が楽になれる。そうは思わないか？』

『……いえ』

『無理に死ねとは言わない。だが、生きている限り、君は誰からも殺人者として後ろ指をさされる。わかるな？』

『はい』

藤堂の指示が止まっていた。答えあぐねているのが、麻衣子にもわかった。

『娘が殺されて、私も死のうと思った。その方が楽になれるからだ。だが、ひとつだけ生きる目標を見つけた。それが君だ』

『……どういう意味ですか？』

『君に復讐する。それがわたしを支えるただひとつの杖だった』

『……復讐』

『そのために周到な準備を重ねてきた。死ななくてよかった、と思っている。君への復讐ができたからね』

『……それは』

『繰り返すが、君の顔は全国のテレビ画面に映し出された。全メディアが君の顔写真を撮影した。ニュースになり、ネットに残る。君の人生は終わりだ』

　お嬢さんのことは申し訳なかったと言え、と藤堂が命じた。

「その上で、自分が何をしたか記憶にないと言うんだ」

『お嬢さんのことは、本当に申し訳ないことをしたと思っています』柳原が言った。

『あの時、自分が何をしたのか、憶えてなくて……』

『都合のいい言葉だな』

『すみません』

『なぜわたしの娘を殺した？　なぜわたしの娘だったんだ？』

　わからないと言え、と藤堂が叫んだ。

『……わかりません』

『わからないわけがないだろう。お前がその手で娘を殺したんだぞ。どうしてわたしの娘を選んだ？』

『……わかりません。思い出そうとしても、何も……』

『ふざけるな！』福沢が怒鳴った。『忘れるわけがない。お前がわたしの娘を殺したんだ』

『許してください……本当に何も思い出せないんです』

そうはいかない、と福沢が言った。しばらく沈黙が続いた。

3

何かを振り払うように、柳原が口を開いた。

『ぼくは……どうしたらいいんですか？』

『君は自分のしたことを何も憶えていないと言ったな』

『……本当です。何も憶えていません』

『審判でも君は証言している。夢を見ているようだった、自分でも何をしているのかわからなかった、そればかり繰り返していた』

『それは……』

その通りだと言え、と藤堂が言った。

「小幡の証言は記録に残っている」

その通りです、と柳原が早口で言った。

『憶えていなければ許されるのか?』福沢が言った。『憶えていないと言えば、罪が軽くなると思ってそう言ったんだろう?』

『違います。本当に何も憶えていないので、そう証言しました』

『憶えていなければ、何をしてもいいのか?』

『そんな……そんなことはありません』

『ではわたしも、今日の記憶を消そう。逮捕されたら、自分が何をしているのかわかりませんでしたと話す』

柳原が耳に手をやり、指示を待ったが、藤堂は無言だ。沈黙を破ったのは麻衣子だった。

「柳原巡査、そのまま黙っていてください。必ず福沢が話しかけてきます」

「遠野警部」藤堂の声がした。「余計な口を挟むな。柳原が混乱する」

「係長の指示がなければ、柳原巡査は何もできません。わたしの責任で指示します」

藤堂がため息をついた。柳原は何も言わない。長い沈黙の後、何も憶えていなければ、と福沢が言った。

『罪は許されるのか?』

『……そうは思いません』

『なぜだ？　君は少年審判でそう言った。そして、たった三年弱の少年院入りで許された。それならわたしも許されていいはずだ』

『……ぼくにはわかりません。もう何もわからないんです』

『わからない？　それで済むと？』

『そうではなくて……本当にどうしたらいいのかわからないんです』

『謝罪しろ』

『あの子に、そしてご両親に対して申し訳ないことをしたと思っています。許してください』

『謝罪しろ』

『すみませんでした。許してください』

『謝罪しろ』

『ごめんなさい。本当にごめんなさい。許してください』

『カメラの前で土下座しろ。日本中の人間が見ている前で謝罪しろ』

柳原がまた耳に手を当てた。藤堂は無言だ。

「柳原巡査」代わりに麻衣子は言った。「要求通りにしてください。人質を救うためです」

柳原の膝が折れた。そのまま、額を地面にこすりつけた。

『申し訳ありませんでした。許してください』

『大きな声で』

『申し訳ありませんでした。許してください』

『何度でも言え、わたしの気が済むまで、謝罪を繰り返すんだ』

『申し訳ありませんでした』柳原の声が本当に泣いていた。『許してください』

まだだ、と福沢が言った。深夜の街に、悲鳴にも似た叫び声が続いた。

4

柳原巡査の精神状態が不安です、と麻衣子は言った。

「このままでは、自分が小幡ではないと言うかもしれません」

『そんなことはない』

藤堂の返事に、あり得ます、と麻衣子は長い黒髪を手で払った。

「今、柳原巡査は本当に怯えています。小幡聖次になりきっているからです。福沢があそこまで執拗に責め立てれば、恐怖を感じずにはいられません」

『今更どうにもならない』

「係長、わたしを現場に行かせてください」

『何だって？』

狼狽した口調で藤堂が言った。

「わたしが福沢と話します。柳原巡査がボロを出す前に――」

『今君が行っても、混乱するだけだ』

「状況が変われば、それに応じて態勢を立て直すしかありません」

『待て、遠野。このまま様子を見るべきだ』

「取り返しのつかない事態になりかねません。自分が小幡聖次ではないと柳原巡査が言えば、すべてが終わります。人質の二人が殺されるかも――」

『落ち着け。まだ事態はそこまで逼迫(ひっぱく)していない』

「係長！」

『許可はできない。君は前線本部から出るな。以上だ』

通話が切れた。どうしますか、と声をかけた戸井田に、行くしかありません、と麻衣子はうなずいた。

しかし、と戸井田が立ち上がった。

「警部がここを出れば、命令違反になりますよ？」

「わかっています」

諦めたように、戸井田が首を振った。麻衣子が懲罰を覚悟しているのがわかったのだろう。

「ここは任せます」

麻衣子は部屋から出た。直通電話が鳴り始めたが、麻衣子は無視した。

5

柳原巡査が泣きながら土下座を続けている。駆け寄った麻衣子は柳原の手からスマホを取り上げ、そのまま話しかけた。

「もしもし、福沢さん。遠野です」

『……遠野さん?』

「警察はあなたの話を聞いていました。盗聴器を使ったんです」

『そうだろうと思っていました。警察のやりそうなことだ』

「福沢さん、あなたは残酷過ぎます」

『残酷? わたしが? 冗談じゃない、その男がわたしの娘に何をしたか、知ってますよね? どちらが残酷だと?』

「わかっています。ただ、小幡は犯行当時のことを何も憶えていません」

『記憶にないからといって、許されるわけじゃないでしょう』

「少年審判が行われ、小幡は医療少年院に送致されました」

たった三年ですよ、と福沢がぽつりと言った。

『遠野さん、わたしは納得できない。幼い少女を殺害した犯人が、少年であるというだけの理由で、たかが三年の少年院暮らしというのは、絶対に間違ってますよ』

「小幡はテレビに映し出され、名前も晒されました。そして、彼は謝罪を繰り返しています。もう十分でしょう。人質を解放し、投降してください」

『遠野さん、わたしは小幡の謝罪を直接聞きたいんです』

「あなたと小幡を会わせるのは危険です。あなたが何をするか――」

心配なのはわかります、と福沢が言った。

『ただ、あなたは考え過ぎています。小幡を、店の正面入口まで連れて来てください。入口のドアは閉めたままです。彼の詫びる声を直接聞きたいだけですよ』

「そうすれば、人質を解放しますか？」

『ええ』

「あなたも投降する？」

『約束します』

「わかりました。電話は切らないでください。いいですね？」

麻衣子はスマホを右手でつかんだまま、左手で柳原巡査を立ち上がらせた。その顔が涙でびっしょりと濡れていた。

「これが最後です。直接、福沢に詫びてください。勇気を持って、福沢と向き合うんです」

一緒に来てください、と麻衣子は警護の警察官とカメラクルーに言った。全員が麻衣子に続いた。

6

移動した距離はごく短かった。店の駐車場から正面入口までは、十メートルもない。四人の警察官が柳原のガードを務め、背後に十台以上のテレビカメラが列を作っている。麻衣子はスマホを耳に当てた。

「福沢さん、ここでいいですか？」

『構いません。あなたたちの姿がよく見えます』

「では、今から小幡が謝罪します」

『わかりました』

麻衣子は柳原に目を向けた。体が激しく震えていた。

勇気を出して、と麻衣子はスマホを渡した。柳原が大きく息を吐いた。

「福沢さん……小幡です」

カメラが回っている。照明がまぶしかった。

「どれだけ詫びても足りないとわかっています。でも、謝らせてください。謝罪させてください。本当に申し訳ありませんでした」

福沢は何も言わなかった。続けてください、と麻衣子は低い声で言った。

「すみませんでした。謝って済むものではないとわかっています。ですが、謝罪以外、今のぼくにできることはないんです」

すみませんでした、と柳原が深々と頭を下げた。それでも福沢は無言だった。麻衣子は柳原の手からスマホを取り上げた。

「福沢さん、小幡は誠心誠意詫びています。これですべてを終わらせましょう」

『……聞いていましたよ』

福沢の声がした。

「彼の謝罪を受け入れてください」

『もちろん、そのつもりです』

「では、人質を解放し、そこから出てきてください」

『あなたの言う通り、これで終わりにしたいと思います。まず、駐車場に戻ってください。人質を一人ずつ解放します。そして最後にわたしが出ていく。それでいいですね？』

一瞬、麻衣子は迷った。問題がひとつだけ残っている。

人質を解放した後、福沢が何をするか読めなかった。最悪の場合、自殺する可能性もある。

だが、この状況では福沢の指示に従うしかない。あなたを信じます、と麻衣子は言った。

下がってください、と手で指示すると、カメラクルー、そして柳原と警察官が駐車場へ向かった。

7

駐車場まで戻り、麻衣子はスマホを耳に押し当てた。

「遠野です。駐車場にいます。人質を解放してください」

『人質を拘束している手錠を外します。その間、電話を切ります』

麻衣子が答えるより早く、電話が切れた。すぐにかけ直したが、福沢は出なかった。

「遠野警部！」

テレビカメラが並ぶ中を縫うようにして、戸井田が近づいてきた。

「どうしました？」

遠野を連れ戻せと藤堂係長に命じられました、と戸井田が肩をすくめた。

「命令を無視されたら、係長も意地になりますよ。本気で言ってるのではなく、八つ当たりですが、従わざるを得ません……福沢の様子は？　本当に人質を解放し、投降するでしょうか？」

信じるしかありません、と麻衣子は言った。その時、手の中のスマホが鳴り出した。

『福沢です』落ち着いた声が聞こえた。『今から一人目の人質を表に出します』

麻衣子は正面入口に目をやった。ゆっくりとドアが開き、一人の男が出てきた。

テレビカメラの照明が照らすと、男がまぶしそうに手を顔の前にかざした。

「人質……富樫さんですか？」

戸井田の問いに、間違いありません、と麻衣子はうなずいた。

8

おぼつかない足取りで、男が近づいてくる。二人の警察官がその体を抱えた。

「まだ……中に……もう一人……」

男があえぐように言った。まだ女性の人質がいる、とその場にいた全員がわかっていた。

福沢さん、と麻衣子はスマホに呼びかけた。

「もう一人の人質は？」

『今から出します』

「あなたも投降してください」

『もちろん』

全捜査員の視線が店の正面入口に注がれた。すぐに、一人の女性が姿を現わした。しきりに左手首を振っているのは、長時間拘束されていたためだろう。耳に血に染まったタオルを当てていた。

こちらへ、と麻衣子は叫んだ。タオルで顔の半分を覆った女性が歩いている。警察官の一人が飛び出し、その体に毛布をかけた。

大丈夫です、と女性が手を振った。警察官が停まっていた救急車へ女性を連れていく。

福沢さん、と麻衣子は言った。

「人質二名の保護が終わりました。あとはあなただけです。出てきてください。わたしはあなたを助けたいんです！」

『わかってます。すぐに行きます』

だが、福沢は出てこなかった。着信音に、戸井田が自分のスマホを耳に当てた。

「藤堂係長からです。強行突入の可能性も考慮しろ、と言ってます」

麻衣子は戸井田のスマホをつかんだ。藤堂だ、と声がした。

『遅すぎないか？　店の裏手にいる突入班を表に回し、店内に強行突入させてはどうだ？』

「危険です。刺激すれば、福沢が何をするかわかりません」

『しかし、奴には人質もいないし、凶器もない。何もできない。自殺でもされたら、どうするんだ？』

「もう少し待ちましょう」

『二分だ。出てこなければ強行突入を命じる』

二分だ、と繰り返した藤堂が通話を切った。

麻衣子は正面入口を見つめた。ドアが開く気配はない。

ヘルメットに防弾ベストを着た二十名の突入班が、正面入口周辺に集まってきた。

「福沢さん、出てきてください」麻衣子は手の中のスマホに呼びかけた。「それですべてが終わります」

一分経った。自動ドアが開き、そこから一人の男が顔をのぞかせた。福沢だった。すべての照明が正面入口に向かった。福沢が両手を上げた。何も凶器は持っていない。

突入班が福沢に近づいた。

9

福沢の頭にジャケットをかぶせた数人の警察官が両側から腕をつかんだ。

終わった、と麻衣子は辺りを見回した。駐車場の救急車の後部ハッチが開いていた。毛布を肩に巻いた女性が、警察官たちの後ろにいる。人質だった女性だ。

不意に、女性が柳原に近づいた。その手にナイフがあった。

女性が柳原の腹部を刺したが、防刃ベストに阻まれた。警護していた警官隊の目が福沢に集まった隙をつかれたが、柳原は転倒しただけだ。

ナイフを引いた女性が、叫びながら再び突っ込んだ。刃先をかわした柳原が、助けてくれ、と怒鳴った。

「来るな！」

喚（わめ）いた女性がナイフを振り回したが、抵抗はそこまでだった。背後に回った警察官が組みつき、ナイフを取り上げた。女性の口から、絶叫が漏れた。

戸井田が肩を貸し、柳原を立たせた。麻衣子は女性の肩に手をかけ、そのまま上を向かせた。

10

大丈夫ですか、と言った麻衣子に、うなずいた柳原が防刃ベストを見せた。生々しいナイフの跡があった。

女性が呻き声を上げた。名前を教えてください、と言った麻衣子に、女性は答えなかった。

警察官が女性に手錠をかけた。耳から出血しています、と麻衣子は言った。

「手当てをしないと……病院に搬送しましょう」

警察官の一人がその場を離れ、救急隊員を呼んだ。

「なぜ彼を刺したのか、今は問いません。傷の手当てが終わったら話しましょう」

女性が上体をふらつかせて立ち上がった。表情が怒りで強ばっていた。

「あとひと息だったのに……」

警察官の義務です、と麻衣子は答えた。

「目の前で人が殺されるのを、黙って見ているわけにはいきません」それに、と麻衣子は付け加えた。「彼は警察官で、小幡聖次ではありません」

嘘だ、と叫んだ女性を、警察官が救急車の後部に乗せた。

11

前線本部が設置されている雑居ビルの一室は静かだった。あの女性は誰なんですか、と戸井田が尋ねた。

「なぜ柳原巡査を刺したんです？」

彼女は福沢の妻の美津子です、と麻衣子は答えた。

まさか、と戸井田が首を傾げた。

「では、福沢が妻の耳を切ったんですか？　そんなこと――」

家族だからできたんです、と麻衣子は言った。

「妻だから耳を切ることができた……他の人質を傷つけるわけにはいかなかったからです」

「しかし、妻の耳を切るなんて……」

「その必要があったからです。福沢と妻が立てた計画を、わたしは見抜けませんでした。わたしは……交渉人失格です」

「計画？」

娘を殺された福沢と妻の恨みがどれだけ深かったか、考えるべきでした、と麻衣子は言った。

「どれだけ無念だったか、どれだけ辛かったか……二人は話し合い、小幡を殺すしかないと考えたのでしょう」

「ですが、小幡を殺すにしても、こんな騒ぎを起こす必要はないと思いますが」

いえ、と麻衣子は首を振った。

「現行の少年法では、裁判の際に犯人の顔を見ることができません。名前はともかく、詳しい個人情報はわからないんです」

ぼくも警察官です、と戸井田が苦笑した。

「それぐらい知ってますよ……つまり、福沢と妻は小幡を殺すつもりだった、でもどこに住んでいるのか、少年院を出てから何をしているのか、それはわからなかった、そうですね？」

だからこの事件を起こしたんです、と麻衣子はうなずいた。

「人質を取り、店に籠城する。人質を解放する代わり、娘を殺した小幡聖次を連れてこいと要求する。でも、警察が要求を受け入れる確信は持てなかった。だから、人質の耳を切る必要があったんです。何をするかわからない残酷な男と思わせるためです。福沢と妻は警察を利用したんです。二人は小幡を探し出せなかったからです」

「……はい」

「妻の耳を切りたくはなかったでしょう。ですが、恨みはそれを遥かに超えていた」

風が部屋の窓ガラスを叩いた。麻衣子は話を続けた。

「人質に危険が及ぶ可能性があれば、警察も小幡を連れてこざるを得ない、と彼らは考えた。小幡をテレビに出し、名前をテロップで流せと命じたのは、言ってみれば目くらましです。本当の狙いは小幡の命でした」

待ってください、と戸井田が片手を挙げた。

「福沢の妻は事件発生後に警察が保護し、今も東碑文谷署にいるはずです」

福沢の妻ではありません、と麻衣子は言った。

「あり得ませんよ。保護された女性は美津子で、免許証の写真で確認を取ったと聞いています。本人も自分は福沢美津子だと認めているんですよ？」

美津子の妹です、と麻衣子は言った。

「髪型を似せ、メイクをすれば、警察官の目をごまかせます。妹なら顔が似ていてもおかしくありません。本件の主犯は福沢と美津子ですが、妹も共犯で、他にも協力者がいるかもしれません。娘を、姪を殺害された恨みが、彼らを凶行に走らせたんです」

もし、少女を殺害した犯人が成年だったとすれば、と麻衣子は言った。

「この事件は起きなかったでしょう。成年の殺人は最低でも五年の懲役、被害者の年齢や残虐な手口を考慮すれば、十年以上でもおかしくありません。でも、小幡は約三年の医療少年院及び少年院収容という処分を受けただけです」

「未成年という理由だけで、犯した罪に刑が見合っていない……福沢たちはそう考えたんですね？」

もっと重要だったのは、と麻衣子は大きく息を吸い込んだ。

「少年審判が非公開で行われたことです。そのため、被害者の家族はどこに恨みをぶつけていいのかわからなくなりました。やり場のない怒りが爆発し、彼らは小幡殺しの計画を立てたんです」

少年法に基づいて行われる審判において、原則的に加害少年の顔は公開されない。傍聴席からも加害少年の姿を見ることはできない。

そのため、被害者の家族は過大なフラストレーションを抱えることになる。少年審判の大きな問題のひとつだ。

「福沢が事件の計画を立てたのは、小幡聖次が出院したと知らせを受けた時だと思います。今年の三月初めぐらいでしょう」

「はい」

「まず、福沢は喫茶店を改装しました。警察の突入を防ぐためです。妹の協力が絶対条件ですが、妹が了解するのはわかっていたはずです」

「姉になりすまし、警察の目を逸らしたんですね？」

そうです、と麻衣子はうなずいた。

「銃器を用意したのは脅しのためで、使う気はなかったでしょう。誤射によって岡部警視を傷つけたのは、計算外だったと思います」

「そうでしょうね」

今日、福沢は計画を実行に移しました、と麻衣子は先を続けた。

「人質は何人でもよかったはずで、五人もいれば十分だったのでは？　従業員に臨時休業だと伝え、福沢はいつものように店を開き、客が集まるのを待った。その一人は美津子で、福沢は美津子の首にナイフを突き付けて客を制圧しました」

「抵抗できなかったでしょうね」

「その後、福沢は警察と連絡を取りました。籠城の理由を話さなかったのは、警察を焦らすためです。福沢の目的は警察が小幡を見つけ出し、ここに連れてくることです」

「待ってください、福沢が小幡を深く恨んでいたのは、その通りだと思います。ですが、小幡の名前は判明しています。それなら、興信所に依頼して小幡がどこで暮らしているか、調べればよかったのでは？」

「おそらく、福沢もそう考えたでしょう。興信所に依頼して、小幡を捜したと思います。ですが、見つけることはできなかった。小幡の両親も、息子を慎重に匿っていたはずで、彼の現住所は警察内部でも少数の関係者しか知りません。興信所には突き止められなかったでしょう」

電話の鳴る音がした。前線本部の刑事がそれに出た。

12

あとは簡単です、と麻衣子は言った。

「警察が小幡を連れてくるのを待つだけでした。小幡が逮捕されて以来、福沢は復讐の機会を窺っていました。一日待っても良かったんです」

交渉に応じるふりをして、人質を解放していきました、と麻衣子は窓の外を見た。

「小幡の顔と名前をテレビ画面に晒し、社会的に抹殺する……確かに、それも狙いだったでしょう。でも、真の目的は小幡の殺害です。そのために、彼は妻の耳を切り落としました」

「我々はそれに乗せられてしまったんですね」

あの時点で空気が変わりましたね、と戸井田がうなずいた。

切断された耳が届くと、福沢は何をするかわからない男だ、と誰もが思った。福沢の誘導に、誰も気づかなかった。

「妻の耳に鋏を入れた時、福沢は何を考えていたのか……」

殺害された娘さんのことでしょう、と戸井田が言った。福沢も、美津子も、その妹も、小幡への復讐しか考えていなかったのだろう。

ただ、福沢もミスを犯しました、と麻衣子は言った。

「警察がダミーの小幡聖次を連れてくるとは、思っていなかったでしょう。そこまでして警察が小幡を守ると、予想できなかったのは、福沢が正義を信じていたからです。少女を殺した小幡を、警察も恨んでいる、だから、必ず本人を連れてくると……」

福沢はどこにでもいる市民です、と戸井田が言った。

「警察がどう動くかわからなかったのは、無理もありません」

彼の予想がすべて外れたわけでもありません、と麻衣子は言った。

「ダミーとはいえ、小幡をテレビカメラの前に立たせ、実名を公表したのは、警察内にも現行の少年法への違和感があるからです。未成年という理由で、重罪を犯した人間に、見合った罰を与えないのは間違っている……ただし、警察官なら口が裂けても言えません。でも、心のどこかにそれがくすぶっているのも確かです。実名公表に踏み切ったのは、その想いがあったからです」

ダミーとはいえ、小幡が現場に連れてこられた時の福沢の気持ちを思うと、やりきれません、と麻衣子はため息をついた。

「目の前に娘を殺した犯人がいる。それなのに、どうすることもできない……警察官が護っている小幡に、手出しはできません」

「そうですね」

「でも、彼は切り札を隠し持っていました。美津子です。美津子にすべてを託し、福沢は投降の準備を始めました」

まず人質の富樫を解放しました、と戸井田が言った。

「その後、福沢と美津子は二人きりになりましたよね？　何か話したでしょうか？」

「話すことは何もなかったと思います。あの二人はお互いの役割をわかっていました。福沢は妻の手錠を外し、準備していたナイフを渡したんです」

「福沢が投降した時点で、我々はすっかり騙されていましたね。小幡の顔をテレビに映し、実名を公表したから、すべてが終わったと思い込んでいたんです」

「彼らには計画を練る時間がありました。美津子が解放された後、福沢がしばらく出てこなかったのは、警察やマスコミの目を自分に集めるためです。あの時、わたしたちも、マスコミも、正面入口しか見ていませんでした。救急隊員も同乗の警察官も、美津子を人質だと思い込んでいたので、警戒していなかった。その隙をついて、美津子は小幡聖次、つまり柳原巡査を襲ったんです」

何が起きたのかわかりませんでした、と戸井田が頭を掻いた。

「思い返してみても、すべてがスローモーションのようで……」

「無事に済んだのは、運がよかっただけです」

麻衣子は小さく首を振った。窓を叩いていた風が止まった。

13

引き上げ命令が出たのは、午前四時だった。麻衣子は東碑文谷署の捜査本部へ向かった。

奥の席に、藤堂が座っていた。麻衣子はその前に立った。

「ご苦労だったな」

「はい」

私も疲れた、と藤堂が言った。

「岡部警視だが、一週間の入院で済むようだ」

不幸中の幸いだ、と藤堂がうなずいた。

「腹を割って話そう。正直言って、私はこの事件の裏をわかっていなかった」

「わたしもそうです」

「最後の人質が福沢の妻とはな……考えもしなかったよ」そういえば、と藤堂が言った。「福沢の妻になりすましていた女は福沢美津子の妹だった。独身で自分の子供のように姪をかわいがっていたそうだ」

「やはり……そうですか」

藤堂が眉間をもんだ。

「身分を証明するための免許証は、美津子のものだった。見抜けなかった警察官たちも問題だが……二人はよく似ていたよ。姉妹だからな」

藤堂が大きく息を吐き、運が良かったとつぶやいた。

その通りです、と麻衣子は言った。

「わたしたちは事件の真相にもっと早く気づくべきでした。娘を殺された両親の無念さに思いをはせるべきだったんです。福沢とその妻が真っ先に考えたのが、小幡聖次への復讐だとわかっていれば……」

「子供を殺された両親の仇討ち（かたきうち）か……今後は考慮しないとまずいだろうな。福沢の今後の供述や裁判での証言も気になるところだ」

「係長、少年法は何のためにあるんでしょう？　少年法の精神は正しいと思いますか？」

「それは警察官が判断する問題じゃない」

「わたしは今まで、少年法とそのあり方を正しいと思っていました。ですが、もっと根本的に見直す必要があるのでは？」

もういい、と藤堂がため息をついた。

「君は報告書をまとめてくれ。今日の昼までにできるか？」

「わかりました。ひとつだけ、わたしの意見を加えても構いませんか？」

「わたしの意見？」

「現行の少年法に対し――」

不要だ、と藤堂が言った。麻衣子は口を閉じた。藤堂も少年法に疑問を抱いている。それでも、感情を押し殺すしかない、と考えているのだろう。

「少年法は誰のために、何のためにあるのでしょう？」

麻衣子の問いに答えず、藤堂が顔を背けた。麻衣子は頭を下げ、その場を離れた。

解説

関根　亨

「交渉人・遠野麻衣子」シリーズの河出文庫完全改稿版も本書で第三弾。この第三弾『交渉人・遠野麻衣子　籠城』は前二作から独立して読めるよう、読者目線で完全に配慮して書かれるのが五十嵐貴久流。安心して読み進めていただきたい。

警視庁刑事部捜査一課特殊犯捜査係の遠野麻衣子警部は、過去事件の紆余曲折を経て二度目の同係着任となっていた。

目黒区内の喫茶店アリサ店主、福沢が客たちを人質に立て籠もる事件が発生。籠城犯が自ら110番通報をするなど、犯人自身が犯行を広めるのは、後の劇場型犯罪の布石であったろう。

同時に開始された捜査によれば、福沢は三か月ほど前から店を改装。窓を減らしたり裏口を狭めるなど、あらかじめ籠城を準備していた事実も判明。先の通報といい、彼は計画的な立て籠もりを実行したのである。

立て籠もりや誘拐など、犯人側との駆け引きが重要となる同様事件の刑事部捜査一課管轄は、殺人などを扱う強行犯係ではなく特殊犯捜査係である。

当初の交渉役は同係の岡部警視。彼は交渉セオリー通り電話による対話を実現するため、連絡用携帯（ドロップフォン）を持って店の前へ向かう。電話を置いたら戻ってくるつもりが、犯人に捕らえられ負傷という事態が発生。

代わってネゴシエーター、遠野麻衣子の出番である。

福沢夫妻は過去に、六歳であった娘の亜理紗を惨殺されていた。犯人の小幡は精神疾患のある十五歳であった。小幡は公開の法廷ではなく、非公開の家裁少年審判に付され、医療少年院と少年院を出院。実名を報道されることもなく今に至っていた。

最初の要求は、テレビカメラを店の駐車場に入れ状況を中継せよとの、やはり警察は元よりメディアも巻き込んだ内容であった。次段階は犯罪被害者にとって少年法のありようを問う要求で、警察機構として受け入れるのが不可能ともいえた。

しかも福沢は銃猟免許を有しており、人質を脅す際にも殺傷力の強い散弾銃を使っている。岡部警視すらも人質に取られた麻衣子にとって、犯人との連絡手段はたった一つのドロップフォンのみ。

危険きわまりない凶器、劇場型犯罪を目論みつつも前代未聞の要求。喫茶店に近いビルの前線本部に臨場した麻衣子は、所轄・東碑文谷署の捜査本部にいる特殊犯捜査第一係長の藤堂警視の命令に従いつつ、自分の意見も堂々と述べるなど、交渉人としての成長を見せていた。

しかし司法制度そのものへ反抗意思を持つ籠城犯の福沢に対し、麻衣子はどのようにり返す仕掛けである。

信頼を得て、人質解放へと向かうのか――。

本作の真の読みどころは、以上のプロセス内に巧みに隠され、事件終了時に明かされる。本格ミステリーとしてある登場人物に関する、読み手の先入観や思い込みを引っくり返す仕掛けである。

本書は二〇一〇年に単行本が刊行、二〇一三年に一次文庫化（いずれも幻冬舎）され、ちょうど十年後の二〇二三年、前述通り完全改稿版文庫として世に問うことになった。前二作同様、今回も著者による大幅な改稿を経ている。ストーリー進行上も読みやすさを図るため、一次文庫から二百ページほど短くしてある。

もっとも大きな点は経年変化である。本作の根幹をなす少年法については、二〇二二年の改正少年法を織り込むことができた。

犯人の目論見は前述通り劇場型犯罪であるが、この十年の間、メディア側の変化も大きい。

テレビ、新聞、ラジオ、雑誌という従来型以外に、インターネット上での動画配信も飛躍的に伸長した。またSNSによる情報も広範化・先鋭化している。

以上のデジタルメディア状況をふまえつつ、往年の刑事ドラマ熱にも満ちている。藤堂係長のフルネーム「藤堂雄介」は、刑事ドラマの草分け的存在『太陽にほえろ！』（日本テレビ・一九七二～八六年）のボスこと「藤堂俊介（石原裕次郎）」の名前を模したと推測される。

実は著者のペンネーム由来もだ。『俺たちの勲章』（同・一九七五年）の主役刑事のひとりが「五十嵐貴久（中村雅俊）」であることは、既刊解説でも多く書かれているエピソードなので、本解説でもあえて触れた次第である。


本作をもってシリーズ全体ならびに遠野麻衣子に興味を持った方へ、河出完全改稿版既刊を紹介しておこう。

第一弾『交渉人・遠野麻衣子』では遠野麻衣子警部の前身が語られる。

彼女は元々警察庁キャリアであり、警視庁での交渉人研修で優秀な成績を収めたことから刑事部特殊犯捜査係へ抜擢となったが、ある事情から高輪署経理課へ左遷されてしまう。

品川で病院立て籠もり事件が発生し、特殊犯捜査係の辣腕警視、石田が臨場することになった。彼の現場到着まで時間がかかることから、かつての部下である麻衣子が指名され、犯人側と交渉をすることになる。

第二弾『交渉人・遠野麻衣子　爆弾魔』での麻衣子は、警視庁総務部広報課へ異動になっていた。

業務の一環で国家公安委員長（警察所管閣僚）に就任した議員の講演会参加前、新興宗教団体である合同相対教から爆破予告電話を受ける。

同教団は過去に地下鉄爆破テロ事件を起こし、教祖が死刑判決を受け控訴中であった。教団は教祖の釈放を要求。応じられない場合は東京で再び爆破テロを起こすと通告。教団は本件交渉人として麻衣子を指名。警視庁本庁舎内に設置された特別捜査本部内の交渉室で、麻衣子は正体不明人物とメールでのネゴシエートを開始する。

本書『交渉人・遠野麻衣子　籠城』ほか、シリーズを通じて読者が感じるのは、〈交渉人が事件を解決に導きました〉という予定調和ではない。

犯罪解決後の加害者・被害者やその家族自身の内心そのものだ。五十嵐貴久の慈愛と尊厳に満ちた眼差しを感じていただきたい。

三作文庫化の後はさらに、完全新作による単行本『交渉人・遠野麻衣子　ゼロ』が刊行となる。

『〜ゼロ』は、麻衣子が警察庁キャリアから交渉人研修を受ける、第一弾『交渉人・遠野麻衣子』前日譚ストーリーだ。文庫三作に続き、矢継ぎ早の登場となる。

『〜ゼロ』当時の麻衣子は警察庁キャリア警部補で、生活安全局の犯罪抑止対策室勤務である。大学院卒での警察官僚としての麻衣子の周囲はやはり、男社会の中にあった。

女性活躍推進の決めに従い、彼女は警視庁刑事部捜査一課特殊犯捜査係への異動を命じられた。最初は交渉人研修とのことだ。研修には本庁や所轄から、麻衣子以外に七人の警察官たちが参加することになっていた。

指導者は警視庁の敏腕、石田警視で、幾多の立て籠もりや誘拐事件を解決に導いてきた。研修内容は「交渉人は犯人を説得しない」など捜査の先入観をくつがえすもので、麻衣子たちは研修中にもかかわらず、特殊詐欺事件などに遭遇することになる。

五十嵐は警察サスペンス小説に対犯罪者ネゴシエーションという、新たな旋風を吹き込んだ。青春、恋愛、家庭、ホラーなど作風が広い五十嵐貴久既刊の中でも、警察サスペンスはむろん、確固たる存在感を見せている。

『誘拐』（双葉文庫）では、日韓首脳会談を前にした総理の孫が誘拐される。要求は日韓友好条約締結中止と身代金三十億円。やはり特殊捜査班の警視や警部らが捜査に当たるのだが、犯人側の視点が物語の半分を占める上、動機面や身代金受け渡し方策などについても、スケールの大きさが生かされている。

韓国、そして女性刑事といえば『7デイズ・ミッション　日韓特命捜査』（ＰＨＰ文芸文庫）である。韓国麻薬王の死体が発見されたことで、ソウル警察庁から女性刑事のジヒョンが日本へ派遣された。ジヒョンは射撃の名手で格闘技有段者。大学も首席卒業で日本語も堪能という切れ者であった。

警視庁はジヒョンには捜査をさせず、東京見物でもさせ帰ってもらう算段であった。お役所的警視庁方針に対し、敢然と反抗する女性捜査官の言動は胸がすくものがある。

五十嵐貴久作品の中で、もっとも衝撃的な予言作となったのが『コヨーテの翼』（双葉文庫）である。二〇一八年に単行本刊行、二〇二二年五月に文庫化された事実に注視されたい。

同作中の時制は二〇二〇年の東京オリンピック。中東のテロ組織が日本へスナイパーを派遣、開会式で各国ＶＩＰを爆殺させる計画だ。その中に日本の総理が含まれていることは厳然たる事実……。

以上、類縁著作の簡単な紹介となったが、著者発想の豊かさと先進性を感じる。さらに主人公刑事のみならず犯人側から描くケースも多く、勧善懲悪にならない、登場人物とストーリーの生かし方に長けているのだ。

（せきね・とおる／文芸評論家・編集者）

本書は二〇一三年に幻冬舎文庫として刊行された『交渉人・籠城』を改題の上、大幅改訂したものです。この作品はフィクションであり、実在する個人、団体等は一切関係ありません。

編集協力＝関根亨

交渉人・遠野麻衣子　籠城

二〇二三年 八 月二〇日　初版発行
二〇二三年 九 月三〇日　2刷発行

著　者　五十嵐貴久
発行者　小野寺優
発行所　株式会社河出書房新社
〒一五一-〇〇五一
東京都渋谷区千駄ヶ谷二-三二-二
電話〇三-三四〇四-八六一一（編集）
〇三-三四〇四-一二〇一（営業）
https://www.kawade.co.jp/

ロゴ・表紙デザイン　粟津潔
本文フォーマット　佐々木暁
印刷・製本　中央精版印刷株式会社

Printed in Japan ISBN978-4-309-41979-4

華麗なる誘拐

西村京太郎　41756-1

「日本国民全員を誘拐した。五千億円用意しろ」。犯人の要求を日本政府は拒否し、無差別殺人が始まった――。壮大なスケールで描き出す社会派ミステリーの大傑作が遂に復刊！

ある誘拐

矢月秀作　41821-6

ベテラン刑事・野村は少女誘拐事案の捜査を任された。その手口から、当初は営利目的の稚拙な犯行と思われたが……30億円の身代金誘拐事件、成功率０％の不可能犯罪の行方は⁉

私という名の変奏曲

連城三紀彦　41830-8

モデルのレイ子は、殺されるため、自らを憎む７人の男女を一人ずつ自室に招待する。やがて死体が見つかり、７人全員がそれぞれに「自分が犯人だ」と思いこむ奇妙な事態の果てに、驚愕の真相が明かされる。

神様の値段　戦力外捜査官

似鳥鶏　41353-2

捜査一課の凸凹コンビがふたたび登場！　新興宗教団体がたくらむ“ハルマゲドン”。妹を人質にとられた設楽と海月は、仕組まれ最悪のテロを防ぐことができるか⁉　連ドラ化された人気シリーズ第二弾！

ゼロの日に叫ぶ　戦力外捜査官

似鳥鶏　41560-4

都内の暴力団が何者かに殲滅され、偶然居合わせた刑事二人も重傷を負う事件が発生。警視庁の威信をかけた捜査が進む裏で、東京中をパニックに陥れる計画が進められていた――人気シリーズ第三弾、文庫化！

世界が終わる街　戦力外捜査官

似鳥鶏　41561-1

前代未聞のテロを起こし、解散に追い込まれたカルト教団・宇宙神瞳会。教団名を変え穏健派に転じたはずが、一部の信者は〈エデン〉へ行くための聖戦＝同時多発テロを計画していた……人気シリーズ第４弾！

最後のトリック

深水黎一郎　41318-1

ラストに驚愕！　犯人はこの本の《読者全員》！　アイディア料は２億円。スランプ中の作家に、謎の男が「命と引き換えにしても惜しくない」と切実に訴えた、ミステリー界究極のトリックとは⁉

花窗玻璃（はなまどはり）　天使たちの殺意

深水黎一郎　41405-8

仏・ランス大聖堂から男が転落、地上80mの塔は密室で警察は自殺と断定。だが半年後、再び死体が！　鍵は教会内の有名なステンドグラス…。これぞミステリー！『最後のトリック』著者の文庫最新作。

メビウス

堂場瞬一　41717-2

1974年10月14日——長嶋茂雄引退試合と三井物産爆破事件が同時に起きたその日に、男は逃げた。警察から、仲間から、そして最愛の人から——「清算」の時は来た！　極上のエンターテインメント。

最高の盗難

深水黎一郎　41744-8

時価十数億のストラディヴァリウスが、若き天才ヴァイオリニストのコンサート会場から消えた！　超満員の音楽ホールで起こったあまりに「芸術的」な盗難とは？　ハウダニットの驚くべき傑作を含む３編。

アリス殺人事件

有栖川有栖／宮部みゆき／篠田真由美／柄刀一／山口雅也／北原尚彦　41455-3

「不思議の国のアリス」「鏡の国のアリス」をテーマに、現代ミステリーの名手６人が紡ぎだした、あの名探偵も活躍する事件の数々……！　アリスへの愛がたっぷりつまった、珠玉の謎解きをあなたに。

『吾輩は猫である』殺人事件

奥泉光　41447-8

あの「猫」は生きていた⁈　吾輩、ホームズ、ワトソン……苦沙弥先生殺害の謎を解くために猫たちの冒険が始まる。おなじみの迷亭、寒月、東風、さらには宿敵バスカビル家の狗も登場。超弩級ミステリー。

花嫁のさけび

泡坂妻夫　41577-2

映画スター・北岡早馬と再婚し幸福の絶頂にいた伊都子だが、北岡家の面々は謎の死を遂げた先妻・貴緒のことが忘れられない。そんな中殺人が起こり、さらに新たな死体が……傑作ミステリ復刊。

第七官界彷徨

尾崎翠　40971-9

「人間の第七官にひびくような詩」を書きたいと願う少女・町子。分裂心理や蘚の恋愛を研究する一風変わった兄弟と従兄、そして町子が陥る恋の行方は？　忘れられた作家・尾崎翠再発見の契機となった傑作。

十二神将変

塚本邦雄　41867-4

ホテルの一室で一人の若い男が死んでいた。所持していた旅行鞄の中には十二神将像の一体が……。秘かに罌粟を栽培する秘密結社が織りなすこの世ならぬ秩序と悦楽の世界とは？　名作ミステリ待望の復刊！

紺青のわかれ

塚本邦雄　41893-3

失踪した父を追う青年、冥府に彷徨いこんだ男と禁忌を破った男、青に溺れる師弟、蠢く与那国蚕——愛と狂気の世界へといざなう十の物語。現代短歌の巨星による傑作短篇集、ついに文庫化。

罪深き緑の夏

服部まゆみ　41627-4

“蔦屋敷”に住む兄妹には、誰も知らない秘密がある——十二年前に出会った忘れえぬ少女との再会は、美しい悪夢の始まりだった。夏の鮮烈な日差しのもと巻き起こる惨劇を描く、ゴシックミステリーの絶品。

赤い蠟人形

山田風太郎　日下三蔵〔編〕　41865-0

電車火災事故と人気作家の妹の焼身自殺。二つの事件を繋ぐ驚愕の秘密とは。表題作の他「30人の３時間」「新かぐや姫」等、人間の魂の闇が引き起こす地獄を描く傑作短篇集。

著訳者名の後の数字はISBNコードです。頭に「978-4-309」を付け、お近くの書店にてご注文下さい。